共和国故事

渐入人心

中国社会主义市场经济体制初步建立

王治国　编写

吉林出版集团股份有限公司

图书在版编目（CIP）数据

渐入人心：中国社会主义市场经济体制初步建立/王治国编.

—长春：吉林出版集团股份有限公司，2009.12

（共和国故事）

ISBN 978-7-5463-1830-1

Ⅰ．①渐…　Ⅱ．①王…　Ⅲ．①纪实文学－中国－当代　Ⅳ．①I25

中国版本图书馆 CIP 数据核字（2009）第 236702 号

渐入人心——中国社会主义市场经济体制初步建立

编写　王治国

责编　刘野　祖航

出版发行　吉林出版集团股份有限公司

印刷　三河市同力彩印有限公司

版次　2011 年 3 月第 1 版　　　2017 年 7 月第 7 次印刷

开本　710mm×1000mm　1/16　　印张　8　字数　69 千

书号　ISBN 978-7-5463-1830-1　　定价　29.80 元

社址　长春市人民大街 4646 号　　邮编　130021

电话　0431－85618720　　　　　传真　0431－85618721

电子邮箱　sxwh00110@163.com

版权所有　翻印必究

如有印装质量问题，请寄本社退换

前　言

自1949年10月1日中华人民共和国成立至今,新中国已走过了60年的风雨历程。历史是一面镜子,我们可以从多视角、多侧面对其进行解读。然而有一点是可以肯定的,那就是,半个多世纪以来,在中国共产党的领导下,中国的政治、经济、军事、外交、文化、教育、科技、社会、民生等领域,都发生了深刻的变化,中国人民站起来了,中华民族已屹立于世界民族之林。

60年是短暂的,但这60年带给中国的却是极不平凡的。60年的神州大地经历了沧桑巨变。从开国大典到60年国庆盛典,从经济战线上的三大战役到经济总量居世界第三位,从对农业、手工业、资本主义工商业的三大改造到社会主义市场经济体制的基本确立,从宜将剩勇追穷寇到建立了强大的国防军,从废除一切不平等条约到独立自主的和平外交政策,从"双百"方针到体制改革后的文化事业欣欣向荣,从扫除文盲到实施科教兴国战略建设新型国家,从翻身解放到实现小康社会,凡此种种,中国人民在每个领域无不留下发展的足迹,写就不朽的诗篇。

60年的时间在历史的长河中可谓沧海一粟。其间究竟发生了些什么,怎样发生的,过程怎样,结果如何,却非人人都清楚知道的。对此,亲身经历者或可鲜活如昨,但对后来者来说却可能只是一个概念,对某段历史的记忆影像或不存在或是模糊的。基于此,为了让年轻人,特别是青少年永远铭记共和国这段不朽的历史,我们推出了这套《共和国故事》。

《共和国故事》虽为故事,但却与戏说无关,我们不过是想借助通俗、富于感染力的文字记录这段历史。这套 500 册的丛书汇集了在共和国历史上具有深刻影响的 500 个重大历史事件。在丛书的谋篇布局上,我们尽量选取各个时代具有代表性的或深具普遍意义的若干事件加以叙述,使其能反映共和国发展的全景和脉络。为了使题目的设置不至于因大而空,我们着眼于每一重大历史事件的缘起、过程、结局、时间、地点、人物等,抓住点滴和些许小事,力求通透。

历史是复杂的,事态的发展因素也是多方面的。由于叙述者的视角、文化构成不同,对事件的认知或有不足,但这不会影响我们对整个历史事件的判断和思考,至于它能否清晰地表达出我们编辑这套书的本意,那只能交给读者去评判了。

这套丛书可谓是一部书写红色记忆的读物,它对于了解共和国的历史、中国共产党的英明领导和中国人民的伟大实践都是不可或缺的。同时,这套丛书又是一套普及性读物,既针对重点阅读人群,也适宜在全民中推广。相信它必将在我国开展的全民阅读活动中发挥大的作用,成为装备中小学图书馆、农家书屋、社区书屋、机关及企事业单位职工图书室、连队图书室等的重点选择对象。

编　者
2010 年 1 月

目 录

一、 中央积极探索

● 习仲勋说："最近中央为即将召开的十二届三中全会拟定了一个关于经济体制改革问题的重要文件。"

● 李先念说："社会主义计划经济必须体现价值规律。我们对这个问题还在学习，而且要好好地学习。"

● 李先念强调说："我们进行经济体制改革的目的是为了发展生产力。"

财经委组织经济调查研究

1979 年，中国社会科学院工业经济研究所所长蒋一苇在《经济管理》月刊第六期上发表《"企业本位论"刍议》，引起社会的广泛关注。

8 月 14 日，《人民日报》以《经济体制改革的一个根本问题》选载了此文。文章说：

> 我国现行的经济体制，存在着许多不能适应国民经济高速度发展的情况，已经到了非从根本上改革不可的时候了。但是改革涉及的问题面极广，而且一环套一环，牵一发则动全身。最基本的环节应当抓什么呢？我认为应当从确定社会主义企业的性质入手，以此为基准，进而研究整个国民经济的组织与管理，这样，才能由此及彼，顺理成章，使经济体制的改革有一个牢靠的基础和依据。

作者在文中说，基于上述思想，试就社会主义制度下企业的性质、特征，以及国家与企业的关系等问题作一些探讨。同时指出，实际上所涉及的问题和原则，大部分对其他企业，包括商业企业、农业企业等也是适用的。

这篇文章在《人民日报》的登载，在社会上产生了广泛的影响，也开启了中国经济体制改革的话题和探索。

很快，国务院财政经济委员会组织和领导的大规模的关于经济问题的调查研究工作，就逐步展开了。对经济问题开展大规模的调查研究，是为了搞好国民经济调整工作，全面实现经济改革而采取的一个重大步骤。

国务院财经委员会召集党中央和国务院有关财经部门的负责同志和经济理论界的同志开会。李先念、薄一波、姚依林同志到会。

李先念作了重要讲话。他指出：没有调查就没有发言权，没有调查研究就不能作出正确的决策。对于这次大规模的，有组织、有计划、有重点的调查研究，党中央和国务院寄予很大的希望。请各个部门、各个地方都重视起来，大力支持。做理论工作的同志，做实际工作的同志，要密切配合，认真把这项工作抓好。特别是做实际工作的各经济部门的领导同志，要切实负起责任来。下决心抓他几个月，抓他一年、两年，一定能够抓出成绩来。

这项调查工作，在中央财经委员会直接领导下，分四个小组进行。

其中，经济体制改革研究小组，首先从企业入手，摸清企业内部以及外部生产、交换、分配、消费各个环节及其联系的情况，进而研究什么样的企业管理体制妨碍生产的发展，什么样的企业管理体制促进生产的发展，并且围绕企业管理体制问题，调查研究了计划体制、物资体制、商业体制、物价体制、劳动工资体制等问题。

1980 年 4 月 4 日，经济学家林子力在《人民日报》发表了《我国经济体制改革的开端——四川、安徽、浙江扩大企业自主权试点考察》一文。他在文中写道：

> 中国经济改革的实践，正在成功的尝试中起步，它预示着我们的社会主义现代化建设将获得适合于自身发展的经济形式而磅礴向前。……去年十月至十二月，我们到四川、安徽、浙江三省对扩大企业自主权的试点情况进行了初步考察。在这个过程中我们看到，尽管目前试点的范围还不是宽广的，对旧体制的变更也远不是彻底的，但仍然收到了显著的效果。

林子力在文中列举了一个事例。四川宁江机床厂是一个生产仪表机床的企业，产品质量较好，价格较低。但是 1979 年国家压缩了下达的生产计划，企业的生产任务严重不足。

然而，宁江厂的同志认为，那些年机床生产量虽然很大，像他们生产的这类中小型精密机床，特别是质优价低的，还是供不应求，弊病在于现行的产品计划调拨体制。

为了充分发挥生产能力，增加盈利，他们在 1979 年 6 月 25 日的《人民日报》上登出了"承接国内外用户直接订货"的广告。

　　这么一来，订户盈门，销路大开，相继签订国内外合同 1000 多台。尤其值得一提的是，国内生产同类产品的 4 家企业，在宁江厂生产高涨的同时，受到了巨大压力。

　　宁江厂生产的 7 毫米的自动车床具有高生产率、高精度和加工稳定、操作简便的特点，每台出厂价 9500 元，上海、辽宁、杭州、西安等地生产的同类自动车床，为了争取订户，就不得不降价，甚至考虑关停并转。

　　林子力在文中还列举了一个事例。

　　1979 年 10 月，在四川省温江地区举行了机电产品订货会。此次订货会曾被形容为四川的小"广交会"。

　　在这个生产资料的市场上，各家产品都摆出来，任凭用户去评判、选择。愿买愿卖即可成交，没有任何经济外的强制。有的产品或因质量不高，或由于价格不合理，没人愿买，只能把价格调低，其结果自然形成了价格的浮动，这种浮动是不可能人为地去阻止的。

　　这次会上展出的玻璃纤维，泸州和自贡产的每吨 5800 元，而重庆产的只要 3800 元。人们都争着买重庆的，迫使前两家也把价格降到 3800 元。尽管价格持平了，但因为质量比不上，还是无人光顾，到底连一个合同也没订成，这两家派来参加订货会的人员都急哭了。

有的企业因为自己产品质次价高，不敢拿出来较量，便悄悄退出会议，连夜回厂研究如何提高质量、降低成本了。

作者接着在文中写道：

> 所有这一切，使人耳目一新，精神振奋。它表明一种新型的经济形式正在开始形成。这就是既非资本主义的又非小商品生产的新型的商品经济。

林子力在调查中，组织了几次座谈会。

成都量具刃具厂的厂长一见面就说，他有好多心里话想讲，半天谈不完，谈一天行不行？他以这样一个比喻来说明改革的阻力和动力：石头埋在土里，当然冲不出地面，而如果是种子，那一定会破土而出。自己就是要做改革的"种子"。

合肥无线电一厂的党委书记，年富力强，精明干练。他在座谈中，大胆提出希望能获准搞个"自负盈亏加一长制"的试点，厂长由职工代表大会选举产生。如果自己当选，就由自己"组阁"，配置生产指挥班子。他手拍胸膛说，若这样搞，相信全厂能够大上。万一失败了，那他本人承担经济以至法律责任，即使坐班房也心甘情愿。

安徽省经委一位副主任，已年近七旬。他说自己打从一建国就在工交战线，30年的路是怎么走过来的，眼见得一清二楚，而且现在越加看出这里面的症结，沿袭旧的从苏联搬来的模式，封闭在自然经济的圈子里，是无出路的。当问到如果展开竞争，安徽的产品不能与上海相抗衡怎么办？他朗声答道，这有什么关系，市场是广阔的嘛！比如半导体收音机，你上海的高档货可以在城市畅销，我安徽产的却有价格低、经济实惠的长处，能占领农村市场。况且，即便是同类产品竞争败了，也不是坏事，非如此就没有拼命向上的压力。

通过调查，大家获得了具体而鲜明的印象。四川当时的做法是想通过试点在这方面走出一条路子来。

不久，合肥无线电一厂的试点也正式开始了。

林子力写道，经济改革的伟大实践，将在我国社会主义建设舞台上演出威武雄壮的一幕，它的开场锣鼓已敲响了。不难看到，试点为有的人松开了束缚多年的绳索，为之开拓了施展才能、实现抱负的新天地。试点也把一些人的思想和行为甩出原先的轨道，迫使他们思考新的问题，追寻历史的宏伟步伐。

作者最后写道：

中国的经济体制改革已经开端了。这将是一条开创我们现代化未来的艰辛而又壮丽的道路，无论在理论还是实践方面，要做的事情都很多很多。

扩大经济体制改革试点范围

1980 年 6 月 10 日，著名经济学家薛暮桥在《人民日报》发表《关于经济体制改革的一些意见》指出：

> 过去一年的体制改革试点，我们是从两个方面进行的：一个是从分配方面，兼顾中央、地方、企业、个人的物质利益，以调动大家发展生产、增加盈利的积极性；另一个是从流通方面，在统购包销，计划分配上打开一个缺口，逐步发挥市场调节作用，开始改变生产与需要互相脱节的情况。在这两个方面，都已经开始收到相当大的效果。但是，国民经济是一个整体，各种改革必然互相交错，有可能这一种改革妨碍那一种改革。

作者在文章中首先肯定了我国过去一年多在经济改革中所取得的成绩，同时就扩大企业自主权和市场调节中出现的新问题提出了很有见地的意见。作者通过调查研究，认为今后体制改革，从改革流通制度着手更为重要。

最后，作者发出呼吁：

　　要想出走一条新的路子来，按照适合于社会化大生产客观经济规律的办法来改组我们的经济结构和经济体制。

1980 年 7 月 31 日，在广东省工交部门走增产节约、增收节支工作会议上，广东省委充分肯定了清远县经济体制改革的经验，决定在各县推广，以便使全省的经济工作进一步活跃起来。

在会后，广东省委第一书记习仲勋、省委秘书长杨应彬，同省人民政府经济部门负责人一起到清远县考察。

习仲勋一行看到这个县的工厂一派兴旺景象，形势使人振奋。有的工人说，清远县的经济改革，是工业部门 30 年来最得人心的政策。

习仲勋说，清远经验给我们的启示，就是要继续解放思想，依靠党的政策，把经济搞活。

清远县从 1978 年 10 月开始进行经济体制改革，主要办了两件事：一是全县 17 个国营工厂普遍由过去的财政统收统支办法改为实行超计划利润提成奖；二是改革机构重叠，多头领导的工业管理体制，撤销各工业局，由县经济委员会直接管理国营工厂。县经委由行政机构变成企业性质的经济机构，把全县国营工业企业的产、供、销，人、财、物都管起来。

改革后 21 个月来的经济效果十分显著。同样是这些工厂，改革前的 21 个月平均每月实现利润增长 36 倍。

从利润总额分配的比例可以看出，国家得利最多，地方、企业、职工都从经济体制改革中得到好处。企业分到的钱，大部分用于扩大再生产和盖职工宿舍。例如，县糖厂增添了一台造纸机；电瓷厂新建了一座隧道窑，生产出口的釉面瓷砖；印刷厂新建了彩印车间。

清远经验实际上是通过扩大企业自主权，进一步处理好国家、企业和职工三者关系的经验。企业完成任务后超计划的盈利，国家不全部拿走，给企业和直接生产者留下一点实实在在的好处，使企业和职工都能从切身利益上更加关心生产的发展。这样就调动了县、企业和职工的积极性，企业经营亏损、管理落后的局面迅速得到改变。

最早实行超计划利润提成奖的清远氮肥厂，变化就非常明显。这个厂从建厂以来年年亏损，亏损额累计达 700 多万元，年年靠地方财政补贴。自从实行超计划利润提成奖以来，月月都是盈利，成为全县的"大盈利户"。

鉴于改革的呼声与事实，国务院副总理姚依林在五届人大第三次会议上说：

今明两年我国在试点的基础上，将加快经济管理体制改革的进程。

姚依林在会上所作的报告中谈到国家已经和将要采取的一些经济改革的措施包括：在国营工业中全面推行扩大企业自主权；按照平等、互利、兼顾各方面经济利益的原则，积极组织各种形式的经济联合；打破地区封锁和部门分割，在国家计划指导下广泛地开展竞争，广开商品流通渠道；银行实行独立经营；逐步改革税制；实行国家计划指导下的市场调节；继续改革外贸管理体制；加强经济立法和经济司法工作。

因此，财政部长王丙乾在全国人大五届三次会议上的报告中提出：今明两年着重改革财政体制、企业财务制度和税收制度。

在中央的领导下，扩大企业自主权的试点工作，在国营企业中全面推开。

四川省经过调查研究和细致准备，选择了四川第一棉纺织印染厂、成都电线厂、重庆印制第三厂、重庆钟表公司、西南电工厂5家国营企业实行自负盈亏的试点。实践证明，这样做，企业在经营方针、计划安排、产品销售、企业基金支配、工资福利等方面有了更多的自主权，使企业的生产经营搞得更灵活了，经济效益显著。

实行自负盈亏后，各企业努力搞好经营管理，实现了增产增收，做到了国家多收，企业多得，个人多得。企业增加收入后，对职工的各项生活福利设施，住宅建设都作了相应的安排。

1981 年 2 月 28 日，姚依林在人大常委会上所作的报告中说，要继续进行有利于调整的经济体制改革。在谈到经济体制改革的必要性时，他说：

> 我国生产、建设、流通中的经济效果很差，国民经济的结构不合理，是同现行经济体制的弊病分不开的，对这种体制如果不加以改革，我们就不可能从根本上提高经营管理的水平和经济活动的效果。

为了进行经济体制改革的重要尝试，1982 年，国务院将原来的 52 个部、委，改组为 39 个。合并、撤销了一些部、委，第六机械工业部就是其中的一个。精简行政机构，一种办法是合并或撤销，另一种办法是将政府中管工业的行政部门，改为企业性质的经济实体。

撤销第六机械工业部组建中国船舶工业总公司，是工业改组和联合的重大突破，也是我国经济体制改革的一次重要尝试。

除了船舶工业总公司而外，还有其他工业总公司成立，如汽车工业总公司，等等。这些工业总公司的成立，有利于克服提高经济效益，把企业办得更好。

作为机械工业的一个重要行业的船舶工业，在经济体制改革的大潮中先走了一步。以全国主要造修船厂、配套厂和科研设计单位为主组建的中国船舶工业总公司，改变行政管理体制，打破地区、部门界限，实行权利、责任、利益三者统一的经济组织。

船舶工业总公司把工业同贸易、军用品同民用品、造船同修理、科研同生产紧密结合起来，使一个政府部门改为一个企业组织，对下实行统一领导，分级管理。

这样做有利于运用经济办法开展生产经营活动，提高经济效益；有利于统筹安排各项任务，更好地为用户服务；有利于进一步扩大船舶出口。

经过多年建设，我国船舶工业从科研、设计、配套到总装，形成了比较完整的体系。船舶工业除了完成国内需要的船舶任务外，还有能力建造远洋船舶出口。

大连造船厂 1982 年第一季度交付的两艘 2.7 万吨出口远洋货轮，船舶质量受到国外航运界、造船界一致的好评，说明我国制造的船舶质量是高的，是可以进入国际市场的。

但是，在管理体制上存在着不合理现象：部门分割，管理分散，造成重复生产、重复建设，以及"大而全"、"小而全"的不合理结构，在产品出口上也遇到了困难。

党中央、国务院经过反复考虑，认为要解决这些问题，机械工业必须按行业实行改组联合，生产部门与使用部门建立合同和订货关系，从管理体制上进行改革。一句话，就是要走联合之路。

交通运输是国民经济中的薄弱环节，水路运输又是交通运输中的薄弱环节，大力发展水路运输就需要大量的船舶。因此，我国船舶工业有广阔的前途。我国内河和沿海航运的自然条件十分优越。随着我国大规模的海洋石油勘探开发，承造各种海上石油开发设备，也是船舶工业的重大任务。

为了使船舶工业更好地适应经济发展需要，船舶工业总公司围绕提高经济效益，不断采用新工艺、新技术、新材料，有重点有步骤地进行技术改造和设备更新，组织专业化协作，扩大大型船舶的建造能力，提高船舶工业的技术水平、管理水平和配套设备国产化水平。当时出口的船舶还有许多配套部件是进口的，要求逐步做到国产化。

总公司坚持统一规划，对方针政策、布点、重大基本建设和技术改造、重要的对外贸易以及全国性的专业化协作等，都统一规划。在统一规划和统一对外的原则下，提倡各地区公司之间、各企业之间进行竞争。在质量、工期、价格和服务水平上，大家来个比赛，以激发生产积极性，取得更大的经济效益。

为了国防的需要，军用品生产摆在首要地位。为了航运的正常进行，把船舶修理工作放在重要的位置上。军需、民用，造船、修船都实行了经济合同制。

船舶工业打破地区、部门界限，走联合、改革之路，从管理制度到管理方法都有大的变化，人们的思想认识和工作方法，也适应了这个大变化，逐渐为我国经济体制改革提供了有益的经验。

召开经济体制改革试点会议

1982 年 12 月，国家经济体制改革委员会组织召开座谈会。

这次座谈会由国家经济体制改革委员会副主任安志文主持。参加座谈会的有于光远、许涤新、潘遥、杨浚、周太和、童大林、廖季立、吴俊扬、林子力、蒋一苇、何匡、杨培新、王珏、王大明、商宝坤等 20 多位同志。

参加座谈会的同志认为，在今后三年内，改革重点要放在以税代利、发挥中心城市作用、改革商业流通体制这三项工作上面。这些方面如果突破了，不但能带动整个经济体制改革，而且会给全国经济形势开创一个崭新的局面。

经济学家们认为，改革要大胆一点。以经济比较发达的城市为中心，带动周围农村，统一组织生产和流通，逐步形成各种规模和各种类型的经济区；在经济比较发达的地区，实行地、市机构合并，由市领导周围各县。当时的省属企业改由所在城市管理，这些就是大胆改革的范例，其意义重大，必将影响各个经济领域的活动。这个试验如果成功了，一定会大大解放生产力，使我国社会主义生产关系出现新的面貌。

1983 年 6 月初，中国经济体制改革研究会和常州社会主义企业学研究会，在常州市联合召开经济体制改革若干理论问题讨论会。

这次会议主要讨论理论经济学家林子力和中国社会科学院工业经济研究所所长蒋一苇的两篇论文。

在这次讨论会上，汤永安、张东桂介绍了常州的经济体制改革的情况和经验，受到与会者的重视。

在讨论会上，从事政治经济学、现实经济学和战略经济学研究的同志都认为：当前的经济的理论研究亟须同经济改革的实践密切结合起来；对不同观点的争论，也必须经过经济实践的检验，以验证其是否正确。

1984 年 4 月 16 日，城市经济体制改革试点工作座谈会在江苏常州市召开。

这次座谈会是国家体制改革委员会组织的。参加座谈会的有 25 个城市和有关省的经济体制改革工作机构的领导人，以及中央有关部委的人员。

会上交流了重庆、常州、沙市三市进行经济体制综合改革试点的经验，着重讨论了搞活企业、搞活流通，开创城市改革新局面等问题。

4 月 25 日，座谈会落下帷幕。会议提出，城市经济体制改革要有新的突破，中央有关部门和省、市、自治区要简政放权、层层放权，把一部分权利和责任下放给试点城市。试点城市的经济管理也不能沿用老办法，要把应该给企业的权利真正下放给企业。

与会者认为，在扩大试点城市权利和责任的同时，要进一步扩大企业的自主权。他们认为应该赋予试点城市企业生产计划权、资金使用权、劳动工资管理权、干部任免权和机构设置权等自主权。

当时，除了国务院已经确定的试点城市外，辽宁的丹东市、黑龙江的牡丹江市、湖南的衡阳市、河南的安阳市、安徽的蚌埠市，已被确定为省里的城市改革试点城市。

5月21日，国家经济体制改革委员会印发了《城市经济体制改革试点工作座谈会纪要》。

"纪要"概述了1984年4月16日至25日在常州召开的城市经济体制改革试点工作座谈会的主要内容，对加快城市经济体制改革试点的步伐进行了新的部署。

"纪要"指出，我国城市的经济体制改革，由扩大企业自主权开始，逐步向广度和深度发展。近年来，经国务院批准，沙市、常州、重庆先后进行了经济体制综合改革试点。

经过努力，已经取得了初步成效。但是，大家感到，城市改革的步子还不够快，地区之间发展也不平衡，不能适应面临的新形势。城市经济体制改革要有战略性的突破，必须加快改革试点的步伐。当前，试点城市要以搞活企业和搞活流通为重点，带动其他各项改革。

"纪要"指出：

简政放权，搞活企业，把企业的巨大潜力

挖掘出来，是增强城市经济实力，发挥城市经济中心作用的基础，是当前城市经济体制改革的首要任务。

会议代表对企业权力小、"婆婆"多、负担重反应十分强烈。"纪要"确定，试点城市的国营企业在生产计划、产品购销、资金使用、劳动工资管理、干部任免和机构设置等方面，应进一步扩大自主权，并作出了原则性的规定。

"纪要"指出，搞活流通，是促进生产、发挥中心城市作用的重要前提。当前宜从建立贸易中心入手，着重抓好商业批发体制的改革。试点城市的商业二级站原则上下放给市，与城市现有的批发机构合并或联营，同时，建立各种类型、不同规模的工业品、农副产品和两种产品兼营的贸易中心、贸易货栈、批发市场。贸易中心应该是开放式的，打破现行批发层次和地区、行业界限，无论市内市外，无论全民、集体、个体经济单位均可入场交易，经营方式要灵活多样。城市物资部门也要建立生产资料贸易中心，设立物资综合商场和门市部。

"纪要"指出，要发挥城市组织经济的作用，必须对计划管理体制实行改革。在试点城市中，除少数大型骨干企业仍归中央有关部门管理外，其他中央和省属企业都宜下放给城市统一管理，这是改革城市计划管理体制的前提。

为了解决计划多头的问题，可考虑今后省内各厅、局的计划任务只下到市，由市计委平衡衔接后，通过一个"漏斗"下达给企业。原来通过中央和省各"条条"分别向企业分配供应计划物资的做法也应改变。

为了改善和加强城市经济计划管理，应赋予试点城市必要的运用经济调节手段的权力。试点城市在保持市场价格基本稳定的前提下，可根据生产发展需要和市场供需变化，对不影响国计民生的产品划出一部分品种，有升有降地调整价格。小商品价格，1984年内全部放开。重要的生产资料价格，按中央统一规定进行管理和调整。在城市物价部门的管理监督下，工商企业可以对产品实行质量差价、花色差价、城乡和地区差价、季节差价、批量差价。

座谈会还谈到改革银行信贷制度。根据行业发展政策、企业资金利用效果以及产品是否适销对路，扩大实行浮动利率、差别利率的范围。对重要的技术改造项目和开发新产品，银行应积极提供优惠贷款；对生产优质名牌产品的单位，提供贴息或低息贷款。

银行还可开办买方信贷、卖方信贷、票据贴现和抵押贷款等多种业务。为推动经济联合、广辟资金来源，经过批准，可选择少数企业试行跨部门、跨地区发行股票或债券，银行要做好代办工作。

"纪要"最后指出，除了国务院已经确定的试点城市外，有条件的省、自治区都可以自行选定一两个中等城市作为改革试点。

经济体制改革纳入中央工作日程

1984 年 9 月 25 日，中共中央政治局委员、中央书记处书记习仲勋在中央党校新学年开学典礼上说，中共中央决定不久将召开十二届三中全会。

中共十二届二中全会是 1983 年 10 月中旬在北京举行的。会议通过了《中共中央关于整党的决定》。

习仲勋说：

> 最近中央为即将召开的十二届三中全会拟定了一个关于经济体制改革问题的重要文件。这个文件把马克思主义的普遍原理同中国革命的具体实践相结合，密切联系我国实际，既正确地总结了历史和现实的经验教训，又科学地解答了实际工作产生的新问题，丰富了马克思主义政治经济学和科学社会主义。

他说，这个文件经过三中全会讨论通过发布后，一定会对我国四化建设产生巨大的促进作用。

这标志着，中央已经把经济体制改革正式提上议事日程。

10 月 7 日下午，国家主席李先念在北京会见由罗马尼亚共产党中央检查委员会主席瓦西里·维尔库率领的罗马尼亚中国友好协会代表团。

对外友协会长王炳南、中罗友协副会长陈叔亮和罗马尼亚驻华大使米库列斯库等参加了会见。

在亲切友好的交谈中，李先念高度赞扬了罗马尼亚人民在齐奥塞斯库总统领导下所取得的伟大成就。他对罗马尼亚共产党始终不渝地坚持独立自主的内外政策表示赞赏。

李先念在向罗马尼亚代表团介绍我国的政治、经济情况时说：

> 社会主义计划经济必须体现价值规律。我们对这个问题还在学习，而且要好好地学习。我们在农村经济体制的改革上已初步取得一些成绩，现在我们要着手对城市经济体制进行改革。

李先念指出，计划于本月中旬召开的党的第十二届三中全会，将讨论我国经济体制的改革，特别是城市经济管理的改革。

李先念强调说：

> 我们进行经济体制改革的目的是为了发展生产力。

维尔库说，我们在访问期间，参加了中华人民共和国建国 35 周年庆典活动。10 月 1 日的阅兵和群众游行给我们留下了很好的印象。我们在访问中还参观了工农业项目和一个农贸市场。我们看到，农产品非常丰富，价格也合理。

李先念主席请维尔库回国后向齐奥塞斯库总统和其他罗马尼亚领导人问好。

当时，中国的经济体制改革成为了十分热门的话题。《人民日报》发表了题为《关于经济体制改革几个问题的探讨》的文章。文章说：

十一届三中全会以来，我国经济体制改革取得了很大成绩，但发展是不平衡的，城市改革的步子还不能适应形势发展的需要。为了加快城市改革的步伐，对那些涉及改革方向的一些重要问题，需要进一步解放思想，结合改革的实践深入探讨。

文章指出：在社会主义计划经济中，计划与市场机制有着不同的作用方式、作用范围和重点，彼此相辅相成。计划的调节具有直接的、强制的性质，它的任务主要是解决社会总供给和总需求的平衡问题，解决发展目标和重大比例关系问题，解决生产力的布局问题，解决投资政策和重点建设问题，等等。

文章认为：这些方面是计划调节的特长和优势，市场机制往往是无能为力的。因为解决这类问题，需要从全社会利益出发，掌握国内外全面的经济、科技、社会信息，这只有社会主义的国家能够胜任，并通过制定统一的国家计划来达到目的，任何一个部门、一个地区都是不可能做到的。

文章富有创造性地指出：

> 计划和市场机制是社会主义计划经济中两个主要的调节手段，二者互相补充，但却不能互相取代，硬要用计划指标去代替市场机制的调节作用，和硬要用市场机制去代替统一计划的职能一样，都是不能成功的。计划协调市场，市场调整计划，各有侧重，有主有从，这两方面结合起来，才能构成现阶段完整的社会主义经济管理制度。

文章最后破天荒地指出：无论计划也好，市场也好，都必须围绕一个共同的目标，就是尽可能满足人民的生活需要。

中央通过经济体制改革决定

1984 年 10 月 20 日，中国共产党第十二届中央委员会第三次全体会议在北京召开。

出席这次全会的中央委员会委员和候补委员 321 人，中央顾问委员会委员，中央纪律检查委员会委员，以及地方、中央各有关方面的主要负责同志共 297 人列席了会议。

会议由中央政治局常委胡耀邦、邓小平、李先念、陈云等主持。叶剑英因病未出席会议。

经过 6 天预备会的研究和讨论，20 日全会一致审议通过了《中共中央关于经济体制改革的决定》。

"决定"第一次明确地指出，中国的社会主义经济不是计划经济，而是以公有制为基础的有计划的商品经济。

"决定"指出：

> 我国经济体制改革首先在农村取得了巨大成就。长期使我们焦虑的农业生产所以能够在短时期内蓬勃发展起来，显示了我国社会主义农业的强大活力，根本原因就在于大胆冲破"左"的思想束缚，改变不适应我国农业生产力发展的体制，全面推行了联产承包责任制，发

挥了八亿农民的巨大的社会主义积极性。

……

这几年以城市为重点的整个经济体制改革也已经进行了许多试验和探索，采取了一些重大措施，取得了显著成效和重要经验，使经济生活开始出现了多年未有的活跃局面。但是城市改革还只是初步的，城市经济体制中严重妨碍生产力发展的种种弊端还没有从根本上消除。

"决定"认为：正在世界范围兴起的新技术革命，对我国经济的发展是一种新的机遇和挑战。这就要求我们的经济体制，具有吸收当代最新科技成就，推动科技进步，创造新的生产力的更加强大的能力。因此，改革的需要更为迫切。

"决定"强调指出：

实行计划经济同运用价值规律、发展商品经济，不是互相排斥的，而是统一的，把它们对立起来是错误的。在商品经济和价值规律问题上，社会主义经济同资本主义经济的区别不在于商品经济是否存在和价值规律是否发挥作用，而在于所有制不同，在于剥削阶级是否存在，在于劳动人民是否当家做主，在于为什么样的生产目的服务，在于能否在全社会的规模上自觉地运用价值规律，还在于商品关系的范围不同。

"决定"同时指出：经济体制的改革，不仅会引起人们经济生活的重大变化，而且会引起人们生活方式和精神状态的重大变化。社会主义物质文明和精神文明的建设要一起抓，这是我们党坚定不移的方针。在创立充满生机和活力的社会主义经济体制的同时，要努力在全社会形成适应现代生产力发展和社会进步要求的，文明的、健康的、科学的生活方式。

在当时的历史条件下，明确地指出社会主义经济是有计划的商品经济，已是相当大的突破了。

十二届三中全会公报和全会通过的《中共中央关于经济体制改革的决定》发表以后，引起国际舆论高度的重视。各国通讯社和报纸迅速加以报道，并纷纷发表评论。

各国舆论普遍认为，这次全会是十一届三中全会以来最重要的一次中央全会，会议通过的《关于经济体制改革的决定》是一份"全面改革现行经济体制的纲领性文件"，是"建国以来最大胆的一次改革"。它根据马克思主义的基本原理，而又改变了"过分僵化的计划体制造成的限制"，这次改革将"建立充满生机的经济体制"，"对中国的社会主义建设产生重大而深远的影响"。

日本各家通讯社 20 日晚迅速报道了这个重要决议，

共同社还为此发了号外。共同社说，中国的这个"决定""阐明了加快以城市为重点的整个经济体制改革的必要性，是确定基本政策的纲领性文件"。

日本广播协会电视台在 20 日晚上的新闻报道中说，中国"这次决定的经济体制改革是建国以来最大胆的一次改革"。

时事社的述评说，这个"决定"宣告了中国"经济现代化政策——富国富民政策最后定型的纲领，重点放在运用'经济杠杆'上"。述评认为，"中国社会长时期满足于平均主义的做法，摆脱这种老思想的束缚并不容易。解决这个课题，使经济体制改革取得成功，就会为现代化开辟广阔前途，中国经济就会顺利向前发展"。

21 日，日本各大报也纷纷报道和评述我党三中全会和决定。《读卖新闻》说，中国通过了经济体制改革的"决定"，这是继 1978 年中央全会上决定的对农业进行改革之后的"第二步"，中国对经济体制将进行大改革。"决定"明确地提出要改变历来的统制经济体制，朝着中国式开放经济迈出了历史性的步伐。该报驻北京记者在报道中认为，这次改革"着眼于权力下放"，它在国际上的影响将超过以往的多次变革。

《每日新闻》说，1978 年的第十一届三中全会决定了对外开放和进行农村改革，具有历史性意义。第十二届三中全会进一步放宽对外开放政策，对城市经济进行改革，这"两个三中全会"是决定中国式社会主义的重要会议。

《日本经济新闻》说，这项决定给中国经济增加活力，建设富裕的社会主义中国。可以说，这个文件是现领导机构推行的经济政策的集大成，它将成为今后中国经济的运营指针。

西方通讯社和报纸对三中全会的决定也迅速作了报道并加以评论。

路透社认为，这次全会是十一届三中全会以来最重要的一次会议。会议通过的改革决定是农村改革以来最重要的经济决定，是一份"从根本上改革其经济的蓝图"。这一"决定"抛弃了平均主义，扭转了左倾错误。"文件将为政府进行改革提供必要的思想指导"。

英国《星期日电讯报》指出，中国经济改革的新蓝图"最终将会影响到 10 亿中国人的生活"，它标志着中国迈出了"最大胆的一步"。

二、 攻克各种难关

● 邓小平说："对外开放会产生一些消极的东西，这没有什么了不起，我们公有制经济始终是主体，得益处的大头是国家和人民。"

● 彭真强调说："我们相信，按照这个'决定'把经济体制改革好了，经济关系理顺了，我们的经济、政治、文化等各方面都会更快地发展。"

● 邓小平指出："计划多一点还是市场多一点，不是社会主义与资本主义的本质区别……计划和市场都是经济手段……"

邓小平说发现问题就要赶快改

1984 年 10 月 22 日，中央顾问委员会第三次全体会议在北京召开。

中共中央政治局常委、中央顾问委员会主任邓小平在当天上午的会议上发表重要讲话，邓小平说：

> 现在我国政治、经济形势都很好，安定团结的局面是过去少有的；《中共中央关于经济体制改革的决定》是个具有重大历史意义的文件，只要党中央有秩序地、很好地工作，精心加以指导，我国的经济建设就大有希望。

邓小平还说：

> 现在的党中央是成熟的，各种问题都处理得比较妥善，做实际工作的同志把许多事情都处理得有条不紊。

他接着说，从近几年我国经济发展的递增率看，从我们 3 年完成了第六个五年计划看，到本世纪末实现工农业年总产值翻两番的目标是可以达到的，到那时，人民的生活就可以达到小康的水平，整个国家的经济力量，就可以称得起是较强的国家之一了，安定团结的政治局面就会更加巩固，我国在世界上的影响也会大不相同。所以，今后的16年，只要我们一心一意地埋头苦干，我们就会有光明的前途。

邓小平又说：

> 对外开放会产生一些消极的东西，这没有什么了不起，我们公有制经济始终是主体，得益处的大头是国家和人民。国家要富强，人民要不断增加收入，我们做到这一点，用我们自己的实践来回答了一些新情况下出现的新问题。

讲到《中共中央关于经济体制改革的决定》，邓小平说，"决定"中的10条都很重要，但其中最重要的是第九条，就是"尊重知识、尊重人才"，概括起来就是这八个字，事情成败的关键是能否发现人才、提拔人才。

他说，现在就是要大胆起用中青年干部，他们干几年就有经验了，干几年就成熟了。陈云同志说要选拔三四十岁的年轻人，这个意见很好。这些年轻人选拔上来以后，可以搞得久一些。我们的老同志在这个问题上要解放思想，要多顾多问。这项工作是关系到党的事业能否兴旺发达的大问题。

邓小平强调说：

我国现在的路线、方针、政策、战略不会改变，不但我们这一代人不会改变它，胡耀邦等同志不会改变它，我们的第三梯队、第四梯队、第五梯队都不会改变它。这是因为，实践证明我们的路线、方针、政策、战略是正确的，是行之有效的。由于实行这些路线、方针、政策、战略，我们的国家兴旺发达起来了，人民生活好起来了，国际信誉高起来了，如果改变它，国家受损失，人民受损失，所以人民不会赞成。我们现行政策的连续性是可靠的。

邓小平的讲话结束后，会场顿时爆发出雷鸣般的热烈掌声。

10月26日上午，邓小平在人民大会堂福建厅会见正在我国访问的马尔代夫总统穆蒙·阿卜杜勒·加尧姆。邓小平同这位年轻的总统是第一次见面。

在一个多小时的会见中，宾主进行了友好、愉快的交谈。邓小平向加尧姆介绍了中国社会主义经济建设的经验。

邓小平指出："我们取得的成就，如果有一点经验的话，那就是这几年来重申了毛泽东同志提倡的实事求是的原则。中国革命的成功，是毛泽东同志把马克思列宁主义同中国的实际相结合，走自己的路。现在中国搞建设，也要把马克思列宁主义同中国的实际相结合，走自己的路。"

加尧姆赞扬说："这是非常明智的做法。"

邓小平说："这是我们吃了苦头总结出来的经验。"

加尧姆接着说："我们都是人，不可能不犯错误。"

邓小平说："是这样。今后我们可能还会犯错误。但是第一不能犯大错误；第二一发现问题不对就赶快改。"

邓小平说：

　　我们建国三十五年来取得的成就是大的。但中间经过了一些波折，耽误了一些时间……如果没有这些波折，中国的面貌肯定不一样了。但五年多来，我们改变了过去"左"的一些政策。现在我们一心一意地搞经济建设。五年中，我们取得的成就超过了预想。看来，我们确定的在本世纪末工农业年总产值翻两番的目标，是可以达到的。

加尧姆说："我相信，通过你们的巨大努力，你们的目标一定能达到。"

邓小平还说，如果按照十二届三中全会通过的关于经济体制改革的决定所制定的方针走下去，"我国的发展速度可以加快"。

邓小平接着指出：

城市改革比农村改革复杂得多。改革中，可能会出现这样那样的小毛病，但是不要紧。再过三年五年，可以证明我们中央全会通过的决定是正确的。

邓小平强调："为了使中国发展起来，实现我们的宏伟目标，需要一个和平的国际环境。所以，我们是热爱和平的。"

加尧姆说："我们十分有兴趣地关注中国的建设成就和经验。你们的成就对第三世界国家是一个鼓舞。"

邓小平坚定地说："中国永远属于第三世界。我们曾多次讲过，将来我们发展起来了，还是属于第三世界，永远不做超级大国。"

加尧姆说："中国在国际事务中同第三世界站在一起，在联合国和国际论坛上作用也很大。"

邓小平说："安理会常任理事国，中国算一个。中国这一票是第三世界的，是名副其实的属于第三世界不发达国家的。"

11月1日，军委座谈会在北京召开。中央军委主席邓小平在军委座谈会上指出：军队要大力支援国家建设，开展以城市为重点的经济体制改革，把这个工作搞好了，就肯定可以实现或超过翻两番的目标。

邓小平强调，军队工作要服从国家建设这个大局，要紧密配合这个大局，大力支援国家发展国民经济。

邓小平首先概述了当前国内的大好形势。他指出，现在我们国家生机勃勃，一派兴旺景象。这是党的十一届三中全会以来，特别是近 3 年来出现的大好局面。这就为进行经济体制的全面改革创造了条件，也大大增强了我们的信心。

邓小平说：

> 改革比预想的要搞得好，搞得快，很有希望。现在需要全国党政军民一心一意服从国家建设这个大局，照顾这个大局。

他强调指出，服从国家建设这个大局，我们军队有自己的责任。军队要顾全这个大局，要在这个大局下行动。军队各个方面都和国家建设有关系，都要考虑如何支援和积极参加国家建设。

邓小平说，无论空军也好，海军也好，国防科工委也好，都应该考虑腾出力量来支援国民经济的发展。如空军，可腾出一些装备和技术力量，一是搞军民合用，一是搞民用，支援国家发展民航事业。海军的港口，有的可搞合用，有的可腾出来搞民用，以增大国家港口的吞吐能力。国防工业设备好，技术力量雄厚，要把这个力量充分利用起来，加入到整个国家建设中去，大力发展民用生产。这样做，有百利而无一害。

人大常委会学习 "改革决定"

1984 年 11 月 15 日上午，全国人大常委会在人民大会堂举行委员座谈会，学习、座谈《中共中央关于经济体制改革的决定》。各省、自治区、直辖市人大常委会负责人参加了会议。

彭真委员长出席当天的座谈会。当天的座谈会由王任重副委员长主持。

座谈会是在京的全国人大常委会委员于 10 月 24 日、26 日、31 日和 11 月 2 日举行的 4 次分组座谈会的继续。

彭真委员长在 10 月 24 日座谈会开始时讲话说：

> 党的十二届三中全会通过的关于经济体制改革的决定是一个很重要的决定，它规定了我们进行经济体制改革的根本性的方针、政策。这个决定是根据我国当前的实际情况，包括实践和社会、经济发展的需要，总结建国 35 年来的经验，包括教训，也参考了外国对我们有用的经验，而形成的。讲过去的经验，有的当时对，现在仍然对；有的当时对，现在因为情况的变化，不适用或者不完全适用了；有的当时就不对或者不完全对，有的是新问题，需要

解决。

彭真指出：这个"决定"把过去好的东西吸收了，同时又有发展。彭真强调说：

> 我们相信，按照这个"决定"把经济体制改革好了，经济关系理顺了，我们的经济、政治、文化等各方面都会更快地发展。当然这样大的改革，不会没有困难，不可能不出这样那样的问题。发现问题，随时解决就是了。

彭真说，全国人大常委会今后审议、制定法律，决定问题，很多都与这个"决定"有密切的关系。因为，这个"决定"是我们进行以城市为重点的经济体制改革的指导思想。所以，我们人大常委会委员对这个"决定"应当认真学习、讨论、研究。这次学习、座谈，要从总的方面来研究，领会这个"决定"的基本精神，不是讨论具体问题。说现在不讨论具体问题，不等于不考虑解决具体问题，而是说要集中精力先研究方针问题，解决具体问题是下一步的事。原则还是实事求是。

彭真说：

> 实事求是，包括两个内容：一个，决定方针、政策要从实际出发，实际包括实践。再一

个，决定了的方针、政策，还要用社会实践来检验，检验的结果，证明正确的、成熟的，立为法。党的方针、政策，在我们国家的经济生活、政治生活、社会生活中，在社会主义物质文明、精神文明建设中，起着重要作用，但它还不是法。实践检验证明是正确的、成熟的，通过立法程序肯定下来，才成为法律。

在4次座谈会上，委员们谈到，党的十一届三中全会以后，我们总结我国几十年社会主义建设的正反两方面的经验，把社会主义经济理论逐步系统起来。

在这个基础上，党的十二届三中全会又总结了我国近几年农村经济改革经验和城市经济改革的一些初步经验，作出了这个以城市为重点的经济体制改革的"决定"，它无论从内容上还是从路线、方针、政策上，都对马列主义有所发展。

许多与会者谈到，这个"决定"是指导我国进行经济体制改革、建设具有中国特色的社会主义的纲领性文件。有些同志提出，改革也是一场思想革命，搞经济体制改革需要不断解放思想，破除旧框框，抛弃旧观念，才能保证经济体制改革的顺利进行。

在15日上午的座谈会上，上海市人大常委会副主任施平，江苏省人大常委会主任储江，河北省人大常委会主任刘秉彦，许涤新、洪丝丝委员先后发了言。

16日，政协第六届全国委员会常委会第七次会议通过全国政协常委会关于认真学习和贯彻执行《中共中央关于经济体制改革的决定》的决议，决议指出：

中国共产党第十二届中央委员会第三次全体会议通过的《关于经济体制改革的决定》，是一个极其重要的、具有深远历史意义的文件。'决定'把马克思主义的基本原理同中国实际相结合，创造性地规划了我国经济体制全面改革的蓝图，为建设具有中国特色的社会主义指明了方向。历史将会证明，这次全会将起到伟大的历史作用，成为我国社会主义建设史上重要的里程碑。

决议说："决定"公布以来，政协委员和各界人士表现了很高的学习自觉性和积极性。为了进一步学好"决定"，提高认识，用改革的理论和政策武装思想，更紧密地团结在中国共产党周围，积极投身于当前这场伟大而深刻的变革，发挥人民政协和民主党派、人民团体、无党派民主人士在四化建设中的积极作用。

台湾热议大陆经济体制改革

中共中央关于经济体制改革的"决定"公布后，在台湾经济界引起很大反响。"经建会"曾"召开多次会议进行检讨"，一些经济专家也先后发表谈话或文章，认为中共这次经济体制改革"无疑是一次破天荒的大变革"，不仅对整个大陆经济"将有决定性的关系"，而且将会对台湾经济"造成相当大的影响"。

1984 年 10 月 24 日，"经济部长"徐立德，在"立法院"经济委员会答询时指出，中共"近来采取开放经济政策，有许多新的构想与改变"，"经济部十分重视"，已决定"将以加速产业结构的改变，在经济科技发展上谋求突破"，使台湾"工业达更高境界，以扩大与中共间的经济差距以为因应"。

10 月 29 日，"经建会"召开"咨询委员会议"，针对中共经济体制改革对台湾经济"可能造成的影响，进行研讨"。与会者认为，中共经济体制改革，"在短期内"对台湾的影响"不会显著"，"长期而言则有不利之影响，值得注意"。而"长期影响"含有"直接与间接两方面意义"。就直接而言，"传统性工业产品出口"，对台湾"竞争压力很大"，尤其是台湾"工业升级缓慢之际"；间接方面，对台湾"不利"的是："中共经济体制的改革，将引起西方兴趣，并赢得好感，可能对中共会给予更多的帮助。"

"中华经济研究院大陆研究所"副研究员马凯，10月29日在《自立晚报》发表文章说，中共所进行的经济体制改革"可以概略地视为中共经济体制改革的第二个阶段，也是最重要的阶段"。"在精神上"这是"中共十一届三中全会"的"延续与扩大"。

美国印第安纳博尔大学经济系教授郑竹园，11月3日在台湾《中国时报》发表《中共城市经济改革的构想及阻力》的文章说："这次中共十二届三中全会所通过的城市经济改革方案，是1978年进行农村包产到户后最重要的措施。其影响不限于2亿城市人口。对整个大陆经济，将有决定性关系。"

"从理论层次看，这些改革，都企图吸纳资本主义市场经济的优点"，"来矫正计划经济的弊端"。文章说，中共这次改革也"将面临一连串的棘手问题"，"如今要运用优胜劣败的市场抉择，来决定工资与就业"，必然要遇到一些困难。

在十二届三中全会前后，台湾主要报纸普遍对大陆经济体制改革进行了报道，有的转自外电，有的发表了自己的消息、社论。这些文章毁誉俱有，但都承认大陆农村改革的成功，人民生活水平提高，城市改革将解放经济活力。

《台湾新生报》以《中共的城市经济体制改革》为

●攻克各种难关

题发表社论说，"近来，中共当局认清了要实现'四个现代化'的目标，不能只依靠体力劳动者、落后的小生产方式和低水平的经营管理，而更要依靠精密的管理技术和脑力劳动者。由此可见，中共之'城市经济改革'旨在使其经济'对外开放，对内搞活'，而在不违背社会主义经济体制下，力求增加生产"。

《中国时报》的社论说，"这次城市经济改革并无新奇之处，只是继续过去的路线予以扩大和加强，但扩大和加强的程度相当之大"，"证明中共过去的改革有相当的效果，值得继续与强化"。

《中国时报》的社论还说，"在非农业部门，或城市部门，或工商业部门进行改革"，情形比农村"复杂得多"，"中共了解这一点，其进行的改革极为谨慎，可说步步为营"。

《中国时报》认为，大陆的城市改革中，"价格体系"和"计划体系"的改革是关键的两步棋，"可以预见，计划体制改革，将会推动各个经济领域的改革"。该报还认为，中共经济改革"有正反两方面的影响：正的方面会进一步解放其经济活力，促成较为快速的进步，对其现代化有重大帮助；反的方面如果处理不善，会造成混乱"。

《中国时报》另一篇社论说，"自1979年起，中共即将经济改革或经济现代化列为首要的工作"，"首先在农村展开所谓包产到户、包干到户、经营多元化等等改革，此一改革收效很大，农民所得及生活立获改善，这几乎为所有注意中共经济的中外人士所一致同意"。

这篇社论还说，"自从中共'十一届三中全会'决定改革农村路线后，农村实施责任承包制，农民的收入增加了，生活亦获得了初步的改善，农民的生活是较以往，也较工人、知识阶层的生活有较多的改善"。"这是中共给大陆农村带来的巨大变化"。

《中央日报》刊登"中央社"的消息说，"中共不放弃'四个坚持'，任何经济改革措施都是充满矛盾的，不可能达成具体效果"。该报还转载了两条合众国际社发自北京的消息，说"中共改革经济体制，势将导致通货膨胀"，"引起政治危机"。

虽然台湾媒介有些夸大其词，但大陆在经济改革的同时确实遇到不少困难。在党中央的正确指导下，大家齐心协力，一一克服了这些困难。

邓小平正式提出市场经济理论

1986 年的一天，在从北戴河回北京的路上，时任中宣部部长的朱厚泽和田纪云乘坐胡耀邦的专列。胡耀邦让他们到他房间去。

胡耀邦对田纪云说："中央两大综合部门，党中央这边是中宣部，国务院那边是国家计委。中宣部这边问题解决了，应早下决心解决计委的问题。"

到 20 世纪 80 年代后期，机械、轻工、电子等加工工业，市场调节几乎占了主导地位。

计划管理部门既不管原料供给，也不管产品销售，企业按合同生产，在市场上采购原料，在市场上销售产品。

但是，在计划和市场的关系方面，理论却落后于实践。理论的进展为什么会遇到困难呢？因为马列主义的传统理论把计划经济作为社会主义的基本特征。这样，马列主义的教科书和改革的现实就发生了冲突。如果放弃教科书的观点就会有政治风险；而如果坚持教科书的观点，改革就不能前进。

所以，改革的理论和实践只能一步一步地试探，只有确信没有"地雷"才敢前进。

改革每前进一步，都是向马列主义教科书的挑战；

改革每前进一步，意味着马列主义教科书的退让。改革的动作过激，超越了当时能够容忍的政治限度，就会被坚持教科书的人们抓住把柄，改革就得被迫后退。

中国在改革的实践中不断探索，探索的趋向是逐步加大市场调节的分量，减少计划调节的分量。在计划调节中，又逐步加大指导性计划的比重，减少指令性计划的比重。既然同意搞商品经济，这样的趋势是必然的逻辑。

看到市场化进展加快，陈云深表忧虑。1988年，他针对中央搞市场化提出了八点意见。

陈云一开头就说：

> 在我们这样一个社会主义国家里，学习西方市场经济的办法，看来困难不少。你们正在摸索，摸索过程中碰到一些问题是难免的，还可以继续摸索，并随时总结经验。

在1992年以前，"中国是计划经济"这一基本原则是一直没有被触动的，只允许在这个大前提下探索计划如何与市场调节相结合。在理论探讨中，有时向计划倾斜，有时则向市场倾斜。

当时有以下几种具有代表性的看法：

一是主辅论。即计划经济为主，市场调节为辅。这里先强调是计划经济体制。在这个体制框架内，辅以市场调节手段。

这种被党的"十二大"政治报告采纳的模式，在党的"十四大"以前，占主要地位。因为这个提法符合"计划经济是社会主义经济的基本特征"这个传统理论。

二是板块论。持这种看法的人把产品分成几块，分别由计划和市场来调节。

例如，北方13所高校编写的《政治经济学（社会主义部分）》指出："对于有关国计民生的重要产品，必须实行计划调节，就是说，由国家统一计划生产，统一规定价格，统一进行产品的分配。""对于其他产品，则可实行市场调节的方式。"

三是渗透论。这种看法认为，"社会主义经济中的计划性和市场性是互相渗透的，你中有我，我中有你"。"计划调节和市场调节是实现社会主义经济按比例发展的两种形式，它们之间本来是紧密结合，互相渗透，你中有我，我中有你，把它们截然分开以致对立起来是不妥当的"。

四是层次论。一种主张是，在宏观层次上实行严格的计划管理，在微观层次上，在国家计划的指导下发挥市场调节的作用；另一种主张是，在制度层次上要强调计划经济是特征，在运行层次上把两者看做是配置资源的手段。

五是时空论。主张在不同的时间、不同的空间，根据实际情况，计划和市场各有侧重。

例如，在供给大于需求的时候，主要采用市场调节；在需求大于供给的时候，加强计划管理。

还有其他一些看法。

在这种种看法中，大体可以分为两种类型：一种是强调计划的作用，一种是强调市场的作用。

这两种不同的侧重中，一般是由于看问题的侧重点不同而形成的，但也有相互指责、上纲上线的。强调计划的人指责强调市场的人是搞资本主义；强调市场的人指责强调计划的人阻挠改革。

在这期间，有一些经济学家大胆地抛开"计划经济是社会主义基本特征"的传统看法，倡导市场经济。

广东老经济学家卓炯在学习党的十二届三中全会的决定时说："理论上要彻底一些，其实社会主义商品经济也可以叫做社会主义市场经济。"

老经济学家杨坚白也说："商品经济与市场经济是同义语。"

经济学家于光远也认为："商品经济与市场经济这两个范畴之间没有区别。"

但是，不少经济学家站出来重申马列主义的观点，认为市场经济就是资本主义经济。

1987年10月25日至11月1日，中国共产党第十三次全国代表大会在北京举行。

参加这次大会的正式代表1936人，特邀代表61人，出席大会开幕式的共1953人，代表着全国4600多万名党员。

此外，全国人大常委会党外副委员长、全国政协党外副主席、各民主党派、全国工商联负责人和无党派爱国民主人士、少数民族和宗教界人士96人列席了大会，并有中外记者400多名采访了大会，其中包括1名台湾记者。

邓小平主持大会开幕式。这次大会通过了政府工作报告，并对计划和市场的关系作了一个新的解释：

> 计划和市场都是覆盖全社会的。新的运行机制总体上来说应当是"国家调节市场，市场引导企业"的机制。国家运用经济手段、法律手段和必要的行政手段调节市场供求关系，创造适宜的经济和社会环境，以此引导企业正确地进行经营决策。

党的"十三大"在这个解释中提到"计划和市场都是覆盖全社会的"，这就否定了主辅论、板块论、层次论等各种不重视市场调节的观点，"国家调节市场，市场引导企业"的提法，把市场调节的作用提到了过去从来没有过的高度。

但是，仍然有人批评市场取向的改革，并说"所谓市场取向，就是资本主义取向"。

1990年7月5日，在中南海召开的一次高层会议上，

出现了激烈的交锋。这次会议是由江泽民总书记主持的。座谈会一开始，就在改革应当是"计划取向"还是"市场取向"这个问题上发生了激烈的争论。

主张"计划取向"的人强调，社会主义只能在公有制的基础上实行计划经济，市场调节只能在国家计划许可的范围内起作用，不能喧宾夺主。

主张"市场取向"的人据理力争，强调必须坚持党的十一届三中全会以来的改革路线，维护"市场取向"的改革方向。并且指出，"计划经济与市场调节相结合"是从党的"十三大"提出的"国家调节市场，市场引导企业"的方针后退。

著名经济学家薛暮桥在会上发言很激动，他不停地咳嗽，会后还给中央写了一封长信，批驳了坚持"计划取向"的言论。

商品经济就是市场经济，这一看法在一些经济学家看来是常识，在实际工作中更是没有区别。但这层窗户纸谁也不能捅破。捅破这层纸的，就只有邓小平。

邓小平谈话确定改革方向

1992 年元旦，广东省委副秘书长陈开枝到佛山的南海检查工作，忽然接到当时的广东省委书记谢非打来的电话，讲了一句只有他听得懂的话：

> 我们盼望已久的老人家要来了，请你赶快回来研究一下总体安排和接待警卫工作。

陈开枝立马跟南海市委领导辞别。对方问："有什么急事？吃了中午饭再走嘛！"

陈开枝回答："我现在真的不能告诉你们有什么急事。也许很快可以告诉你们，也许永远不能告诉你们。"

这份中央办公厅给广东省委的绝密电报，只有短短两行字：

> 小平同志要到南方休息，请做好安全接待工作。

在当时，陈开枝身边不少人都认为邓小平是来广东休息的，但他不这样认为。他认为邓小平多年已有一个习惯，就是到上海休息，上海早做好他休息的整套准备，一切摆设都按照他平常的生活习惯。

"他到广东不是来休息的，也不只是为了看看南方改革开放的成就。"陈开枝后来说。在当时，他预感到邓小平来广东，将有"一个大动作"！"又一次历史性的事件即将在我们身边发生"！陈开枝这样判断。

陈开枝认为，邓小平来广东，是在这样一个背景下做出的一个不寻常的"大动作"：经济上由于治理整顿措施以"指令性计划"和"行政命令"为主，要求很急，力度很大，致使经济下滑、市场疲软、生产萎缩，发展速度受到一刀切的严格控制。

后来，陈开枝谈及邓小平南行的历史意义时说：

> 邓小平南行等于是一个已经退役的老船长，当看着船的方向摇摆不定时，他又一次跳上船头，把扭曲的方向摆正了。

"没有邓小平同志的南方谈话，党的'十四大'怎么开？没有小平同志的南方谈话，1992年以来中国的社会发展如此之快，谁能想象？可以说，在小平南行之后，我才对'扭转乾坤'4个字有了更深刻的理解。"陈开枝后来对记者说。

在邓小平南行途中，陈开枝多次听他讲过"不争论"。"他之所以说'不争论'，是因为当时有不少争论，而且还相当激烈。"陈开枝认为。

这些争论归纳起来有这么一些问题：

基本路线的要点在哪里？改革开放姓"社"还是姓"资"？社会主义和市场经济能否兼容？证券、股市，这些东西究竟好不好，社会主义能不能用？厂长负责制是否削弱了党的领导？私营经济是否动摇了社会主义？家庭联产承包责任制是不是单干风……

在当时，这些问题被一些左派理论说得很玄奥，很吓唬人，严重干扰了党的基本路线的贯彻，不刹住这股风潮势头，就可能葬送社会主义。

所以，邓小平南行的历史意义，无论从任何一个层面去认识，都是十分深远的。

南行那年，邓小平已是 88 岁高龄的老人。陈开枝说："当时那么大年纪了，而且是个老百姓了，这时候站出来能不能镇得住，很难说。但为了国家、为了民族，他不计个人安危，除了有勇气，还要有魄力，更要有策略。没有强烈的党性和热爱国家、人民的精神，是做不到这样子的。他确实是一个无私无畏的民族英雄。"

可以说，南行讲话是邓小平对全党全国人民的庄严的政治交代。也可以说，这是老人家的历史性的"政治嘱咐"。

邓小平在这次南行中说：

改革开放胆子要大一些，敢于试验，不能像小脚女人一样。看准了的，就大胆地试，大胆地闯。

深圳的重要经验就是敢闯。没有一点闯的精神，没有一点"冒"的精神，没有一股气呀、劲呀，就走不出一条好路，走不出一条新路，就干不出新的事业。

不冒风险，办什么事情都有百分之百的把握，万无一失，谁敢说这样的话？一开始就自以为是，认为百分之百正确，没那回事，我就从来没有那么认为。

邓小平还指出：

计划多一点还是市场多一点，不是社会主义与资本主义的本质区别。计划经济不等于社会主义，资本主义也有计划；市场经济不等于资本主义，社会主义也有市场。计划和市场都是经济手段……证券、股市，这些东西究竟好不好，有没有危险，是不是资本主义独有的东西，社会主义能不能用？允许看，但要坚决地试。

社会主义的本质，是解放生产力，发展生产力，消灭剥削，消除两极分化，最终达到共同富裕。

在谈话中，邓小平还谈到：

> 现在建设中国式的社会主义，经验一天比一天丰富；在农村改革和城市改革中，不搞争论，大胆地试，大胆地闯；我们的政策就是允许看。允许看，比强制好得多。

对邓小平南方谈话，人们奔走相告，当做喜讯传播。

1992 年 3 月 9 日至 10 日，江泽民主持中央政治与全体会议，传达了邓小平的南行谈话精神。

新华社发表了政治局会议长篇新闻，等于以政治局名义向全民通报邓小平的南行谈话内容。

邓小平视察南方发表重要谈话后，聂荣臻让秘书先后读了 3 遍，没听清的地方，他都要再仔细询问一遍，边听边深有感触地说："小平同志了不起！小平同志的重要谈话对中国社会主义现代化建设事业有着重大而深远的影响。中国加快改革开放的步伐，集中精力把经济建设搞上去，就因为坚持了小平同志的思想。按小平同志的思想搞下去，我国的改革开放会有更大的发展。"

1992 年 4 月，聂荣臻病重，他自知不起，便说："医生当然在想尽办法挽救，但很难挽救过来。因此趁头脑还清醒，写几句话，就叫做临终遗言吧。"

秘书赶紧取来收录机，让共和国最后一位元帅的遗言，忠实地留在世间。

聂荣臻声音嘶哑，断断续续地说：

　　我已经93岁了，寿命也算是很长的。我入党已70年，从未脱离过党的岗位，始终为党和人民的事业奋斗终生。我虽然对党没作过多大的贡献，但党交给我的任务都是坚决完成的。

　　我坚信党的改革开放政策，坚信走有中国特色的社会主义道路是十分正确的。我非常赞同邓小平同志视察南方的重要讲话……

聂荣臻的临终遗言，表明了一个老共产党员的坚定信念和心声，表明了对邓小平的崇敬和信赖。

●攻克各种难关

市场经济体制目标确立

1992 年 10 月 12 日至 18 日，中国共产党第十四次全国代表大会在北京开幕。

参加这次大会的正式代表 1989 人，出席开幕式的有 1965 人，特邀代表 46 人中出席开幕式的有 35 人，代表全国 5100 万党员。

此外，不是"十四大"代表的十三届中央委员会及中央顾问委员会、中央纪律检查委员会的成员，不是"十四大"代表或特邀代表的党内部分老同志，以及其他有关负责同志 307 人列席了这次大会。

大会还邀请了全国人大常委会党外副委员长、全国政协党外副主席、各民主党派、全国工商联负责人和无党派人士，以及全国人大、全国政协常委中在京党外人士和部分少数民族、宗教界人士等 139 人，作为来宾列席了大会开幕式和闭幕式。

这次大会是在邓小平年初视察南方发表重要谈话，广大干部和群众思想更加解放，精神更加振奋，改革开放和现代化建设进入新阶段的背景下召开的。

这次代表大会的主要任务是，以邓小平建设有中国特色社会主义的理论为指导，认真总结十一届三中全会以来 14 年的实践经验，确定今后一个时期的战略部署，动员全党同志和全国各族人民，进一步解放思想，把握有利时机，加快改革开放和现代化建设步伐，夺取有中国特色社会主义事业的更大胜利。

江泽民在会上作《加快改革开放和现代化建设步伐夺取有中国特色社会主义事业的更大胜利》的报告。

报告认为，我国经济要优化结构，提高效益，加快发展，参与国际竞争，就必须继续强化市场机制的作用。实践的发展和认识的深化，要求我们明确提出，我国经济体制改革的目标是建立社会主义市场经济体制，以利于进一步解放和发展生产力。

报告进一步指出，计划经济不等于社会主义，资本主义也有计划；市场经济不等于资本主义，社会主义也有市场。计划和市场都是经济手段。计划多一点还是市场多一点，不是社会主义与资本主义的本质区别。这个精辟论断，从根本上解除了把计划经济和市场经济看做属于社会基本制度范畴的思想束缚，使我们在计划与市场关系问题上的认识有了新的重大突破。

报告中说：

　　　　我们要建立的社会主义市场经济体制，就是要使市场在社会主义国家宏观调控下对资源配置起基础性作用，使经济活动遵循价值规律的要求，适应供求关系的变化；通过价格杠杆和竞争机制的功能，把资源配置到效益较好的环节中去，并给企业以压力和动力，实现优胜劣汰；运用市场对各种经济信号反应比较灵敏的优点，促进生产和需求的及时协调。同时也要看到市场有其自身的弱点和消极方面，必须加强和改善国家对经济的宏观调控。我们要大力发展全国的统一市场，进一步扩大市场的作用，并依据客观规律的要求，运用好经济政策、经济法规、计划指导和必要的行政管理，引导市场健康发展。

党的"十四大"在中国共产党的历史上第一次明确提出了建立社会主义市场经济体制的目标模式。把社会主义基本制度和市场经济结合起来，建立社会主义市场经济体制，这是我们党的一个伟大创举。

谈起这次社会主义市场经济体制的确立，国务院发展研究中心研究员吴敬琏功不可没。

早在党的十一届三中全会后，围绕着改革的目标是计划经济还是市场经济的问题，中国思想理论界一直存在激烈争论。吴敬琏在 1982 年，就提出了社会主义经济具有商品经济的属性。

1984 年 7 月，吴敬琏参加了由经济学家马洪牵头的《关于社会主义商品经济的再思考》意见书的写作，为商品经济"正名"成功，给党的十二届三中全会确定商品经济的改革目标铺平了道路。

但在有着数千年小农经济传统和数十年计划体制渗透的中国，传播市场经济理论必然会有反复甚至后退。

那是 1991 年冬天，时任总书记的江泽民召开中央各部门研究人员座谈会，以吴敬琏为首的几位经济学家以各种方式，反驳了当时甚嚣尘上的开倒车论调，捍卫了改革的市场方向。

在同年底，吴敬琏与学生刘吉瑞合著的《论竞争性市场体制》在冒着风险、遭到多家出版社婉拒的情况下，由中国财政出版社出版，明确提出改革应以市场为取向这一观点。这本书后来并被评选为影响新中国经济建设的 10 本经济学著作之一。

1992 年春天，邓小平南行讲话，使吴敬琏和他的主张正式走向前台。这年 4 月，吴敬琏向中央领导提出"社会主义市场经济"提法的建议被采纳。

紧接着，党的"十四大"正式宣布：

> 我国经济体制改革的目标是建立社会主义市场经济。

至此，建立社会主义市场经济体制的目标终告确立。

当然，能使"十四大"对市场经济大讨论做出认可的，主要是邓小平的南行讲话。

攻克各种难关

中央起草建立新体制的决定

1993 年 5 月，中央政治局根据党的"十四大"精神，决定下半年召开党的十四届三中全会，讨论建立社会主义市场经济体制问题，并作出相应决定。

经中央政治局常委会批准，5 月底组成 25 人的文件起草组，在中央政治局常委会领导下进行工作。

起草组组长由时任中央政治局候补委员、中央书记处书记、中央财经领导小组秘书长温家宝担任，副组长由时任中央财经领导小组副秘书长兼办公室主任曾培炎和时任中央政策研究室主任王维澄担任。

起草组成员有时任国务院副秘书长的何椿霖、时任中宣部副部长的郑必坚、时任财政部副部长的项怀诚、时任国家体改委副主任的王仕元、时任全国人大财经委员的张彦宁、时任全国政协经济委员会委员的高尚全、时任全国人大法工委委员的孙琬钟、时任上海市副市长的徐匡迪等。

没有列入这个名单而参加起草工作的，还有外贸部的年轻人张松涛，是李岚清推荐的。

据当时起草组成员时任国务院研究室副主任的王梦奎后来回忆说：

据我所知，地方领导同志参加中央全会重要决定的起草，这是第一次。此后，党的全国代表大会的报告和许多次中央全会决定的起草，都有地方领导同志参加。

在党的"十四大"以后，为了推进改革，各方面都希望能够再进一步，抓紧制定总体规划。对于社会主义市场经济体制有一个更为具体和完整的说法，这确实是必要的。

改革实践经验的积累，加上理论上的探索和对国外情况的广泛了解，也使我们能够根据中国国情并且借鉴国外的经验，进行这样的总体设计。

当时的情况是，一方面，经过 10 多年的改革，以公有制为主体、多种经济成分共同发展的格局初步形成，市场在资源配置中的作用迅速扩大，全方位对外开放的格局逐步展开，已经具备了实现改革的全局性整体推进的条件。

另一方面，由于经济体制改革是渐进的，往往是从局部试点逐步推开，虽然在许多方面都有明显进展，但一些重要领域的改革滞后，成为经济体制链条上突出的薄弱环节，影响着改革的深化和经济的健康发展，迫切要求改革的综合协调和全局性整体推进。

这就需要按照社会主义市场经济体制的要求进行总体设计，需要强调体制和政策的规范化。

这份文件是中国社会主义市场经济体制的第一个总体设计，也是经济体制改革进程中一座重要的里程碑。

起草组集中在北京西郊玉泉山工作。

5月31日，起草组召开第一次全体会议。江泽民在会上讲话，他就文件起草的意义、指导思想、主要内容和需要着重回答的问题，提出许多原则性的意见，构成后来中央文件的几个大部分。

温家宝对起草工作提出了要求，他强调文件在如何建立社会主义市场经济体制上，要比党的"十四大"前进一步，在推进改革的政策措施上要有突破，长远目标要明确，起步要扎实。

起草小组于5月31日下午、6月1日和6月2日全天，结合经济改革和发展实际，就文件内容和框架进行了两天半时间的认真学习和讨论。

最后，大家一致拥护中央的决定，同时也都感到责任重大，难度不小。

要把党的"十四大"确定的改革目标具体化，勾画出社会主义市场经济体制的基本框架，绝不是轻而易举的事。

为了准确把握当时中国经济改革的目标和进程，起草组明确提出，起草工作要力求做到：

　　既要大胆解放思想，又要坚持实事求是，从我国国情出发；

既要有一个比较完整的总体设想，又要紧紧抓住当前改革和发展中的突出矛盾和问题重点突破；

既要体现市场经济的一般规律，吸收和借鉴国外成功经验，又要体现社会主义制度的本质特征，总结我们自己的实践经验；

既要反映抓住时机、加快建立新体制的紧迫性，又要考虑到建立和完善新体制需要一个发展过程，注意到它的渐进性；

既要有一定的思想高度，又要能指导实际工作，便于操作。

在后来5个多月的起草工作中，决议起草人员都是努力地按照这样的要求去做的。

大家通过两天半时间的讨论，初步确定了文件的框架。共分10个大的部分，每个部分写若干条。这个大的框架，后来一直没有改变过。至于每个部分写多少条，以及每一条的具体内容，是在起草过程中逐步形成的，初期的讨论稿曾经是53条，后来归纳合并为50条。采取这样的构架，是考虑到，社会主义市场经济体制是个复杂的系统，文件涉及面很广，头绪纷繁，这样做便于剪除枝蔓，勾画出一个比较清晰的轮廓，也有利于避免起承转合所难以避免的虚话，突出每一条的"干货"。

起草工作的程序，是按照大的框架设计，分成若干小组，分工负责；每个部分写哪几条，以及每一条的具体内容，先由各小组根据全体会议讨论的精神研究提出。

据王梦奎后来回忆说：

> 我和陆百甫、李剑阁同志负责第一部分和最后一部分。各小组写出初稿后，由王维澄同志主持，进行初步综合并统稿，然后提交起草组全体会议讨论修改。参加综合和统稿的是我和桂世镛、刘国光、王仕元、陆百甫、李剑阁。全体会议的讨论修改，都是温家宝同志主持的。

起草工作的进度要求，是按照全会召开的时间倒推确定的：6 月 10 日以前分组写出详细提纲，11 至 12 日对提纲进行综合，14 至 15 日讨论提纲。一直到下发征求意见，每一步都有明确的时间要求，都是很紧迫的。

经过半个多月紧张的工作，起草组于 6 月 22 日拟定了文件的提纲，报请中央财经领导小组审议。

中央财经领导小组 6 月 26 日讨论并原则同意这个提纲。

从 6 月下旬开始，起草组用两个月时间，先后完成了第一稿至第三稿，于 9 月 9 日将第三稿提交中央政治局常委会审议。根据中央政治局常委会讨论的意见，修改后形成第四稿，于 9 月 20 日提交中央政治局审议。

关于起草社会主义市场经济体制的基本框架。"十四大"确立了社会主义市场经济体制的改革目标，并且强调两点：一是，"社会主义市场经济体制是同社会主义基本制度结合在一起的"；一是，"我们要建立的社会主义市场经济体制，就是要使市场在社会主义国家宏观调控下对资源配置起基础性作用"。

"决定"的起草，一开始就是以这两个基本论断为指导来设计各个方面的改革方向和措施的。

9月9日，中央政治局常委讨论"决定"送审稿时，提出需要提纲挈领，勾画出社会主义市场经济体制的基本框架，使人能够一目了然。

起草组负责综合的几个同志经过攻关，反复推敲琢磨，提供了一个初稿。

在提交9月20日中央政治局会议讨论并原则通过的稿子中，提出了具有高度概括性的社会主义市场经济体制的基本框架，这就是"决定"第二条所规定的，在坚持以公有制为主体、多种经济成分共同发展的方针下，由现代企业制度、全国统一开放的市场体系、完善的宏观调控体系、合理的收入分配制度、多层次的社会保障制度，这么几个相互联系和相互制约的主要环节构成的有机整体。

江泽民后来在十四届三中全会的讲话中说："这次全会决定所勾画的社会主义市场经济体制基本框架，虽然还需要在实践中接受检验和继续完善，但有了这个基本框架，可以增强我们对改革工作指导的预见性，使改革更加富有成效。"

在三中全会召开之前，香港有的报刊曾经揣测，说全会将"不再提以公有制为主体"，后来看到"决定"不仅明确"以公有制为主体"，而且强调"必须坚持"，于是有的报刊就以《中共仍不愿放弃公有制》为题发表文章，胡说在三中全会上"改革派未获全胜"。

据王梦奎后来回忆说：

> 其实，在"决定"起草和征求意见过程中，据我所知，并没有人提出要放弃以公有制为主体。恰恰相反，大家对于如何搞好国有大中型企业的问题给予很大关注。

关于起草现代企业制度这个问题，"决定"开始起草时就提出来了，但直到提交全会之前还在讨论和修改，全会上也进行了热烈的讨论。可以说，这是"决定"起草和征求意见过程中，各方面讨论最多，起草组费功夫最大的问题。这也说明国有企业改革是经济体制改革的难点所在，但经过反复讨论还是取得了共识。

江泽民对改革决定作出批示

1993 年 5 月开始起草的《中共中央关于建设社会主义市场经济体制若干问题的决议（草案）》第四条开宗明义地规定，"以公有制为主体的现代企业制度是社会主义市场经济体制的基础"，并且界定了现代企业制度的基本特征，明确指出进一步改革的要求。要点是明确产权关系，即企业中的国有资产所有权属于国家，企业拥有包括国家在内的出资者投资形成的全部法人财产权，成为享有民事权利、承担民事责任的法人实体。

原先考虑，企业对国有资产是占有和使用，和归属意义上的所有权不同，所以一直到下发征求意见稿，用的都是"企业法人财产支配权"的提法。

在讨论和征求意见过程中，国家体改委等单位认为这个概念表述不清，而"法人财产权"有比较科学的界定，与国家所有权有严格区别；采用"法人财产权"的概念，既与当时实行的《企业法》和《国有企业转换经营机制条例》所规定的企业经营权相衔接，又可以充实企业经营权的内容，有利于企业成为自主经营、自负盈亏的法人，符合建立现代企业制度的要求。

这些意见受到江泽民和其他中央领导的重视。江泽民在国家体改委洪虎关于这个问题的意见上批示：

言之有理有据，值得我们再研究一下。

起草组经过认真讨论，并向 11 月 3 日中央政治局常委会请示，中央政治局常委会经讨论采纳了"企业法人财产权"的提法。

关于起草市场体系建设的问题，"决定"第三部分讲市场体系建设，根据当时经济体制中存在的突出矛盾和问题，强调"当前要着重发展生产要素市场"，"尽快取消生产资料价格双轨制"。

关于生产要素市场，"决定"强调："当前培育市场体系的着重点是，发展金融市场、劳动力市场、房地产市场、技术市场和信息市场等。"这里，经过很多讨论才确定下来的，是关于劳动力市场的提法。

从十二届三中全会《关于经济体制改革的决定》、党的"十三大"直到"十四大"，正式文件使用的都是"劳务市场"的概念。从理论上说，这个问题应该是很清楚的，劳动者出卖的只能是劳动力而不是"劳动"或者"劳务"，因为"劳动"或者"劳务"是在劳动者和雇主交易行为发生后才进行的，这一点马克思在《资本论》中有精辟的分析。单纯公有制和计划经济条件下自不必说，经济改革和发展市场经济以后之所以回避"劳动力市场"的提法，顾忌的是，说劳动力是商品，和工人阶级的主人翁地位相矛盾，担心引起政治上的不良影响。

在讨论和征求意见过程中，国家计委、国家体改委和劳动部等部门和其他一些同志建议，把"劳动就业市场"改为"劳动力市场"，认为这是生产要素市场不可缺少的组成部分。

根据起草组分工，高尚全、张卓元、郑新立负责起草"培育和发展市场体系"这一部分，高尚全就这个问题给江泽民写了一个报告，江泽民把这个报告批印给中央政治局常委各同志。

在11月3日中央政治局常委会讨论时，起草组也请示了"劳动力市场"的提法。经过中央政治局常委会讨论，决定采纳这个提法。

关于起草宏观调控的问题，"决定"明确规定要建立健全宏观调控体系，加强对经济运行的综合协调。

中央领导在讨论"决定"稿时多次强调加强和改善宏观调控的重要性，说没有制动器的汽车是不能开的。"决定"的一个突出贡献，是关于财税体制和金融体制改革的规定。财税体制，主要是从财政包干制改为中央和地方分税制。金融体制，主要是加强中央银行的职能，实行政策性银行和商业性银行分开，以及汇率并轨。

我国政府肩负着重大的经济和社会责任，而当时由于多年实行权力下放和财政包干制度，财政收入占国内生产总值的比重降到20%以下，中央财政占国家全部财政收入的比重降到40%以下，在世界上都是比较低的，已经影响到政府宏观调控职责的履行。

金融秩序的混乱助长了通货膨胀，危及到经济的健康发展。实行分税制和金融体制改革，都涉及中央和地方的关系。

在"决定"征求意见过程中，有10多个省、自治区、直辖市提出，要给省一级宏观调控权。这个意见没有被采纳，因为宏观调控有特定的含义，是指通过调控达到经济总量的平衡；宏观调控权，包括货币的发行、基准利率的确定、汇率的调节和重要税种税率的调整等，必须集中在中央，不能实行两级调控。

当然，我们国家大，人口多，地区发展不平衡，中央和地方的关系从来是国家经济和政治发展中的重要问题，在社会主义市场经济体制下更需要合理划分中央和地方权限，赋予省、自治区和直辖市政府必要的经济管理权力。

"决定"在关于建立健全宏观调控体系部分，有一条是专讲发挥中央和地方两个积极性的。当时实行分税制，中央财政收入比重分几年逐步提高到57%左右，是国务院同各省、自治区、直辖市反复磋商才确定下来的。

王梦奎后来说：

> 这样大的利益关系调整，中央和地方对于改革方案能够达成共识，说明地方是顾全大局的，也说明中央领导是强有力的。

根据中央政治局讨论意见又作了修改，形成征求意见稿，于 9 月底下发全国各省、自治区、直辖市以及中央和国务院各部门、军队各大单位征求意见。

党的十四届中央委员和候补委员，中央党、政、军各部门负责人，各省、自治区、直辖市和各大军区的党委负责人，都参加了对"决定"征求意见稿的讨论，并向中央写出报告。

这些报告和修改意见，都转到文件起草组认真阅读和研究。

各方面对文件征求意见稿给予了充分肯定，也以极其认真负责的精神，对稿子大到框架结构、内容表述，小到遣词造句和标点符号，总共提出了 1050 多条中肯的修改意见。

与此同时，10 月中共中央政治局常委会先后召开党内老同志、各民主党派和工商联负责人以及无党派知名人士、经济理论界专家学者共 3 个座谈会，通报情况并征求对文件稿的意见。

之后，起草组又集中 6 天时间，认真研究各方面提出的意见，对所征求的意见稿进行了多达 270 多处的修改。

在此期间，王梦奎还根据起草组的安排，起草了江泽民在党的十四届三中全会上的讲话稿。

从全国范围征求意见的情况来看，各方面都认为这个稿子在理论上和政策上有所突破，思想性和指导性都比较强。

综合各方面的积极评价，主要是：

一、把党的"十四大"提出的建立社会主义市场经济体制目标的具体化，是继续深化改革的纲领性文件；

二、总结了我国改革开放的基本经验并借鉴市场经济发达国家的有益经验，回答了改革实践中提出的许多重大问题；

三、完整阐述了社会主义市场经济体制的主要内容，指明了企业改革的方向，对转变政府职能和建立宏观调控体系做出了明确部署，特别是明确了财政体制和金融体制改革的方向；

四、强调了建立社会主义市场经济体制要解决许多极其复杂的问题，提出积极而又稳妥地全面推进改革的方针。

这些认识，后来都成为了常识，但在当时却是来之不易的。

在 1992 年邓小平南方谈话和党的"十四大"以前，人们对市场经济还知道得比较少，要不要搞市场经济还有争论，过了一年时间，对建立社会主义市场经济体制就有这么广泛的共识。回想起这些，参加决议起草的国务院研究中心主任王梦奎感慨良多。

在征求意见过程中，有一些人反映，稿子在有些方面理论高度不够，有的部分内容还不够充实，有的规定可操作性不够强等，这些意见在修改中都认真考虑了。

11月3日，中央政治局常委会听取起草组关于各方面对文件征求意见稿的意见和修改情况的汇报，并进行讨论。

这次会议还讨论通过了江泽民在党的十四届三中全会上的讲话稿。起草组根据中央常委会讨论的意见对文件稿进行了修改。

11月6日，中央政治局会议对这一修改稿进行讨论，原则同意并决定修改后提交党的十四届三中全会讨论。

总算起来，提交全会讨论的文件草案，是第八稿。当时起草组有人开玩笑说："七搞（稿）八搞（稿），总算搞出来了。"

至于起草组在工作过程中，反复研究讨论、字斟句酌，究竟有多少稿，那就无法统计了。

通过建立市场经济体制决定

1993 年 11 月 11 日至 11 月 14 日，党的十四届三中全会在北京举行。

出席这次会议的中央委员 182 人，候补中央委员 128 人。有关负责同志 54 人列席了会议。

全会由中央政治局主持，中央委员会总书记江泽民作了重要讲话。

全会审议并通过了《中共中央关于建立社会主义市场经济体制若干问题的决定》。

"决定"共 50 条，分 10 个部分：一、我国经济体制改革面临的新形势和新任务；二、转换国有企业经营机制，建立现代企业制度；三、培育和发展市场体系；四、转变政府职能，建立健全宏观经济调控体系；五、建立合理的个人收入分配和社会保障制度；六、深化农村经济体制改革；七、深化对外经济体制改革，进一步扩大对外开放；八、进一步改革科技体制和教育体制；九、加强法律制度建设；十、加强和改善党的领导，为本世纪末初步建立社会主义市场经济体制而奋斗。

全会认为，"决定"把党的十四大确定的经济体制改革的目标和基本原则加以系统化、具体化，是我国建立社会主义市场经济体制的总体规划，是 20 世纪 90 年代进行经济体制改革的行动纲领，必将对我国的改革开放和社会主义现代化建设产生重大而深远的影响。

11月14日，江泽民在闭幕会上发表讲话指出，全会通过的《中共中央关于建立社会主义市场经济体制若干问题的决定》，根据邓小平同志建设有中国特色社会主义的理论和党的"十四大"精神，把党的"十四大"提出的经济体制改革的目标和基本原则加以具体化，在某些方面有进一步发展，制定了社会主义市场经济体制的总体规划。

"决定"指出：

社会主义市场经济体制是同社会主义基本制度结合在一起的。建立社会主义市场经济体制，就是要使市场在国家宏观调控下对资源配置起基础性作用。

为实现这个目标，必须坚持以公有制为主体、多种经济成分共同发展的方针，进一步转换国有企业经营机制，建立适应市场经济要求、产权清晰、权责明确、政企分开、管理科学的现代企业制度；建立全国统一开放的市场体系，实现城乡市场紧密结合，国内市场与国际市场相互衔接，促进资源的优化配置；转变政府管理经济的职能，建立以间接手段为主的完善的宏观调控体系，保证国民经济的健康运行；建

075

立以按劳分配为主体，效率优先、兼顾公平的收入分配制度，鼓励一部分地区一部分人先富起来，走共同富裕的道路；建立多层次的社会保障制度，为城乡居民提供同我国国情相适应的社会保障，促进经济发展和社会稳定。

这些主要环节是相互联系和相互制约的有机整体，构成社会主义市场经济体制的基本框架。必须围绕这些主要环节，建立相应的法律体系，采取切实措施，积极而有步骤地全面推进改革，促进社会生产力的发展。

后来，国家发展和改革委员会经济研究所副所长常修泽分析说，评价党的十四届三中全会的意义需先把时间回拨到1992年春天。

1992年，邓小平同志的"视察南方的谈话"带来了一次大的思想解放，当年10月召开的党的"十四大"明确指出，社会主义经济是公有制基础上的市场经济，即提出了"社会主义市场经济"的论断，并第一次把社会主义市场经济确立为中国经济体制改革的目标模式。

1993年，中共十四届三中全会的决定则将党的"十四大"确定的经济体制改革的目标和基本原则加以系统化、具体化，对于如何按照社会主义市场经济体制的目标来进行改革，进行了全面的战略部署，提出了8个方面的改革内容，即企业改革、市场体系建设、宏观调控体系建设、收入分配和社会保障改革、农村改革、对外开放、科技体制改革和法制建设。

这8个方面可以归纳为"八柱"，支撑着整个社会主义市场经济体制的这个大厦。

这一决定是我国建立社会主义市场经济体制的总体规划，是我国进行经济体制改革的行动纲领。这次会议后，我国的经济体制改革向纵深处发展，极大地推动了我国建立社会主义市场经济体制的进程。

在常修泽看来，中国改革的第三阶段，即构建社会主义市场经济体制框架的阶段始于1992年10月，一直持续了10年时间，直到2002年10月，这一阶段的改革力度比较大，向纵深发展的势头也比较强劲。

从长期实行的计划经济体制，向社会主义市场经济体制过渡，把社会主义市场经济体制同社会主义基本制度结合在一起，是一项前无古人的开创性事业，是中国社会主义发展史上一次具有深远意义的战略性转移。

十四届三中全会闭幕之后，全国掀起学习和贯彻《中共中央关于建立社会主义市场经济体制若干问题的决定》精神的热潮。

十四届三中全会闭幕之后，国务院迅即召开全体会议，贯彻落实"决定"精神。

1993年12月1日，李鹏在全国经济工作会议上讲1994年的投资体制改革、财税体制改革、银行体制改革和汇率并轨等问题。

国务院在很短的时间内，于 1993 年 12 月 15 日、12 月 25 日和 1994 年 1 月 11 日，分别作出《关于实行分税制财政管理体制的决定》、《关于金融体制改革的决定》和《关于进一步深化对外贸易体制改革的决定》。

这些重要的改革方案，是"十四大"以来一年多实际工作的成果。改革方案的研究，许多是朱镕基亲自主持的。

"决定"所说的改革措施，有不少实际上是对酝酿已经比较成熟的方案的确认。

据王梦奎后来回忆说：

我当时参加了党中央和国务院许多这方面的会议，知道改革的紧迫和工作的艰巨，也看到党中央和国务院推进改革的决心和魄力之大。像财税体制和金融体制改革这样大的利益关系调整，绝不是几个起草文件的人能够做到的；即使设计了方案，如果没有党中央和国务院的有力领导，改革也是难以推行的。

1993 年 12 月 25 日，根据中宣部的安排，王梦奎在由中宣部、中央直属机关工委、中央国家机关工委、解放军总政治部和中共北京市委联合举办的报告会上作报告，讲"决定"的起草经过和重要贡献，在全国掀起学习十四届三中全会的高潮。

三、 掀起改革高潮

● 江泽民说："建立社会主义市场经济体制是中国经济体制改革的目标。"

● 胡锦涛指出："我们一定要对改革充满信心，同时对改革的难度要有充分的思想准备，增强改革的坚定性和韧性，敢闯敢试，锲而不舍。"

● 李鹏强调："当前改革和发展的时机都很好……我们肩上的担子重，责任大。"

江泽民说要吸收国外经验

1993 年 5 月 12 日下午，国家主席江泽民在中南海会见出席"市场经济体制下计划与市场的作用"国际研讨会的中外代表。

江泽民在会见时说：

建立社会主义市场经济体制是中国经济体制改革的目标，如何在市场经济体制条件下搞好宏观调控，对中国来说，还是一个新课题。

他说，中国在建立社会主义市场经济体制的过程中，一方面要坚持从自己的国情出发；一方面也将注意吸取国外市场经济体制中一些成功有效的经验。

应外国与会者要求，江泽民还介绍了中国建立社会主义市场经济体制的进展和改革开放的情况。

江泽民在讲话中提出的意见被很多正在改革的企业所采纳，广东顺德糖厂便是开先河的企业。

1993 年初的两会召开前夕，广东省委书记谢非到顺德视察。当时的顺德市委书记陈用志和市长冯润胜上交的"作业"是一份调研报告，题目叫做《辉煌的成就，惊人的包袱》。乍看上去，包袱不过是政府的包袱。

1993 年，顺德的工业利润和工业税收的 75% 以上都是由乡镇企业创造的，这些乡镇企业都属集体所有制。在当年顺德的工业企业注册资本中，公有经济占 74%。乡镇企业要创业，需要巨额资金，不可能靠政府财政拨款，只有向银行借。

负债经营是早期乡镇企业发展的基本模式。政府急于鼓励企业上规模，调侃的说法是"一袋水果拎到领导家里"，贷款就批下来了，反正钱是银行出。

银行不能不贷。在政治任务面前，银行就是政府的提款机，贷款是由政府出面担保的，而政府本身也是这些"集体所有"企业的资产所有者和行政管理权的最终来源。

在经济状况最好的北溜镇，1993 年共向银行贷款 27 亿元，其中 23 亿都是由镇政府的经济发展总公司担保，总公司只收取销售总额 2% 的管理费，却要承担还债的责任。

到 1993 年 3 月，197 家市级企业总资产 117 亿元，净资产只有 23.5 亿元，资产负债率高达 80%。

贷款成了企业的头等大事，为了堵窟窿，越亏越要贷。作家徐南铁在《大道苍茫》里记录了不少这样的企业：

> 桂洲镇有一家镇办小家电厂，说是每年有 990 多万元的利润，实际上亏损已达 9000 多万

元，但是依然要求贷款；

杏坛镇一家印染厂，号称年产值3000万元，但是每年亏损过千万元，累计亏损已上亿元，尽管如此，贷款热情依旧。

1993年7月，顺德市委书记陈用志在顺德经济半年总结会上提出，要优化体制，理顺产权，核心在于"从以集体经济为主，调整为以混合型经济为主，逐步提高非公有经济的比例"。

经过10余年的改革和突进，原有体制下"放权让利"的做法已无路可走，曾经催生了巨大财富的"承包责任制"已然成了套在政府脖子上的绞索。顺德官员此时比别的地方更加领会到持续发展的瓶颈所在。

1993年，在顺德方面的主动要求下，省委书记谢非决定把顺德列为综合改革试点市，"中央可以拿一个广东一个福建两个省作改革开放的试点，广东为什么不敢拿一个县来试点呢"？

在当时，姓"社"姓"资"之争的意识形态硝烟还未散尽，一场"公有私有"之间的二次革命又在顺德不事张扬地展开了。

第一个吃螃蟹的企业是大名鼎鼎的顺德糖厂，与当时珠江冰箱厂那种草台班子起家的乡镇企业不同，糖厂有着深厚辉煌的历史。

1934年，当时的国民党第一集团军总司令陈济棠以

"振兴地方实业和工业救国"的名义，拿出向捷克购买军火的部分资金来筹建顺德糖厂。一年后，从捷克运回的整条制糖生产线正式投产。

作为国内第一家机械化甘蔗制糖企业，顺德糖厂历经不同时代的改造，生产能力长期居全国同行之首，行内尊称为"中国甘蔗制糖之父"，成为民族制造业的一面旗帜。多年来，糖厂是广东最著名的国企之一，业绩骄人，税利曾一度占到顺德财政收入的40%。

然而世事如棋，一向被看做甜蜜象征的食糖，当时却逐渐被视为健康之大敌，随着食糖市场的不断萎缩，从前被寄寓着南方诗意的甘蔗也被种蔗农民无情地抛弃。

尽管政府在不断提高糖蔗的收购价，从1991年起，顺德的甘蔗产量仍以每年递减80%以上的速度下滑。

到1996年，顺德的甘蔗产量只有几千吨，以顺德糖厂6000吨的日处理能力，还不够开工两天。

制糖业一下成了夕阳行业。

尽管外有压力，但是内无动力。老牌国企里面，自有一套与计划经济相应的沉冗烦琐的办事程序。

1985年至1990年，糖厂历任制炼车间技术员和厂长助理的张绪跃说：

> 工厂要办什么事程序太复杂，层层报告，从地方到中央要盖几十个公章才批下来，等到批下来，那件事已经没法做了。

厂里的领导都是国家干部，拿国家工资，干好了，未必仕途就此得意，万一上个项目失败了，搞不好会通报批评，丢官弃职。

张绪跃回忆道，他曾经从美国访问回来带了几个项目，但是当时的厂领导在大会上说："我们厂不要去干那些项目，干那些项目要冒风险，糖是我们的老行当，我就一辈子干糖。"

20世纪90年代初期，顺德糖厂在免税的情况下，还要政府每年补贴3000多万元来维持运转。到1993年，不得不宣布正式停产。

在政府采取种种优化、合并措施都不但徒劳，反而激发重重人事矛盾之后，厂里2000多员工为了保住口粮，只能杀鸡取卵变卖设备。从运输船到卡车再到生产线上的输送皮带，能卖的都卖了。

与此同时，厂部则大量遣散人员，到1993年下半年，厂里的余下员工已经不足千人，这些人整天聚在厂内策划上访。就这样，顺德糖厂理所当然地被政府看做是改革试点的最佳目标，已经调到顺德德胜电厂指挥部担任副总指挥3年多的张绪跃临危受命。

市长冯润胜对张绪跃的期待是"5年之内，能给职工发工资，养住他们，别闹事"。张绪跃则向冯润胜提出两点要求：

第一，今天我在这个地方负责，这里的所有重大决策都要由我作出。

第二，要把大家都拴起来，大家都绑到一条船上。做好了大家都有好处；做坏了，我们大家一起捆着石头下河，最多我捆着石头走前面。

张绪跃满心希望重生的企业"不能像过去那样说是全民所有实际上是全民都没有"，但改革启动仍需尽力避开"资本主义"的讥讽。为了改变糖厂的国企性质，不能直接把糖厂卖给个人，顺德市委最后采取的办法，是以职工内部持股的方式组建一个公司，再用公司的名义集体租赁顺德糖厂。张绪跃和陈用志颇费思量地把他们的改革首次命名为"转制"。

这个新成立的租赁糖厂的股份公司叫做"金沙实业有限公司"。张绪跃搭上自己积蓄的老本，又借了一些，凑出35万元入股。张绪跃又苦心说服原副厂长萧志毅、党委委员何国英和厂长助理李广生一起再筹集近80万元。

这就是金沙集团的核心高层了。最终，金沙公司从职工那里集资670万，接近政府要求的投标底线，重新启动了顺德糖厂的机器。这时金沙公司的绝大部分员工都是公司的大小股东了。他们一起租借了糖厂的土地和房产，并且以抵押的方式赎买了糖厂的设备及其他资产，同时需要共同承担着糖厂约 2 亿元的债务。

1994 年 4 月 28 日，糖厂拉响了荒废多年的汽笛，在锣鼓声中再次开工。张绪跃回忆说：

> 顺糖历史上已形成一个完整、独立的小社会，样样要人花钱，样样都没有收益，全是福利性质的，多年来大家也养成了大手大脚的习惯。
>
> 当时只有个别车间开工，没有产出。社会上到处传言顺糖破产了、不存在了，信誉损失到了历史上最低点。

多年后，张绪跃还心绪难平地说：

> 我们为恢复生产买零配件，别人连我们的支票、汇票都不收，要拿现金去交易，更不用说砍价了。

但是，这位戴着眼镜、中等个头，看上去斯斯文文的未来顺德企业领袖相信：

> 要么大家绑着一起去死，要么一起置之死地而后生，首要的是恢复生产。

好在背后还有政府支持，银行利息照算，不追贷款。

公司一方面通过稳住炼糖产出来安定人心，同时开发新的项目，包括造纸、发电、气体溶剂、中密度纤维板等等。

如同在其他地方屡试不爽的经验所显示的，金沙公司通过把每个股东的利益与公司的效益捆绑，通过把每个员工的收入同员工的工作效率捆绑，使得糖厂脱胎换骨了。

1995 年 4 月 4 日的《人民日报》用"起死回生"来形容糖厂的变化：

> 每天都有 3000 吨甘蔗从四面八方涌来德胜河码头，沉睡多年如废铁的榨蔗设备又重新轰鸣，2000 多职工重新回到机器旁……

从 1992 年至 1997 年，这个有 2000 多员工的集团产值还不到 3 亿，到 2003 年，顺德糖厂产销值已高达 18 亿元，并连续 9 年以 20% 的速度增长。

糖厂传奇为"顺德经验"踏出了第一步，成为后来无数内地国企竞相仿效的标尺。

胡锦涛说要加快经济体制改革步伐

1993 年 11 月 26 日，中共中央政治局常委、书记处书记胡锦涛在浙江考察工作时强调：

抓住机遇，加快发展，关键在于深化改革。当前，最重要的是要深入贯彻十四届三中全会精神，加快建立社会主义市场经济体制步伐。要加强党的建设，提高领导水平，总揽全局，扎实工作，调动一切积极因素，凝聚各方面力量，促进和保证国民经济持续、快速、健康发展。

11 月 20 日至 26 日，胡锦涛在李泽民、万学远等省委领导陪同下，先后到宁波、绍兴、杭州等地调查研究，他深入企业车间，走访乡村农户，同工人、农民和基层干部促膝交谈。

胡锦涛兴致勃勃地参观了北仑港，实地考察了宁波、绍兴经济技术开发区、保税区和柯桥大型轻纺批发市场。他多次召开座谈会，调查了解乡镇企业改革和发展的情况，和大家一起研究探讨新形势下加强党的建设特别是乡镇企业党的建设问题。

在听取三市负责人和省委、省政府工作汇报时，胡锦涛强调：

　　贯彻落实好十四届三中全会"决定"精神，首先要学习好邓小平同志建设有中国特色社会主义理论。建立社会主义市场经济体制，是一项全新的开创性事业。我们不熟悉、不懂得的东西很多，在前进的道路上，也必然会遇到许多不曾遇到过的复杂情况和问题。只有学好建设有中国特色社会主义理论，掌握这个强大思想武器，我们在工作中才能排除左的和右的干扰，防止片面性，避免发生大的失误，不失时机地把改革引向深入。

胡锦涛指出：

　　经济体制改革正处在攻坚阶段。明年将是我国深化改革的非常重要、非常关键的一年。我们一定要对改革充满信心，同时对改革的难度要有充分的思想准备，增强改革的坚定性和韧性，敢闯敢试，锲而不舍。改革的目的是为了加快发展。发展是硬道理。从浙江的情况看，加快发展有更多的有利条件。要按照确定的目标真抓实干，抓好落实。同时注意解决好改革和发展中出现的突出矛盾和问题。

● 掀起改革高潮

胡锦涛还说：

改革也好，发展也好，都需要有一个稳定的社会政治环境。各级领导干部要有高度的责任感，在坚持以经济建设为中心，集中精力抓好改革和发展的过程中，始终把维护社会稳定当做一件大事认真对待。

在考察中，胡锦涛着重了解了党的建设情况。他强调，建立社会主义市场经济体制，加快现代化建设步伐，必须加强和改善党的领导，加强党的自身建设。提高各级领导干部驾驭社会主义市场经济的能力，是新形势下加强领导班子建设必须解决好的一个关键问题。要把政治素质好、熟悉经济工作、勇于开拓的干部不断充实到各级领导班子中来。

要加强干部培训，努力掌握社会主义市场经济知识和现代科技知识。要重视思想作风建设，认真贯彻民主集中制，进一步提高政治思想水平和科学决策水平。

胡锦涛还要求继续加强基层党组织建设，认真抓好国有企业党的建设，努力改变一部分农村基层党组织软弱涣散的状况。加强乡镇企业党的建设，已经成为基层党组织建设的一项重要而紧迫的任务，要加强调查研究，注意总结经验，进行具体指导。

李鹏在经济工作会议上讲话

1993 年 12 月 1 日，国务院召开的全国经济工作会议在北京开幕。李鹏总理在会上就贯彻党的十四届三中全会精神，做好明年经济工作的问题作了重要讲话，他指出，明年全国经济工作的中心任务是：加快建立社会主义市场经济体制的改革步伐，保持国民经济持续、快速、健康发展。

国务院副总理朱镕基主持当天的会议，出席会议的领导同志有邹家华、钱其琛、李岚清、李铁映、李贵鲜、陈俊生、司马义·艾买提、彭珮云、罗干。

李鹏在讲话中首先分析了当前的经济形势。他说：

去年以来，在邓小平同志重要谈话和党的"十四大"精神指引下，我国改革开放、经济建设和各方面的工作都出现了新的局面。国民经济在去年快速发展的基础上，今年继续保持快速发展的势头，总的形势是好的。对于经济快速发展中出现的突出矛盾和问题，党中央和国务院及时采取了加强和改善宏观调控的措施，经过各级政府和各个部门的共同努力，已经取得积极成效。事实证明，党中央、国务院关于加强和改善宏观调控的措施是必要和正确的。

李鹏说，观察经济形势必须把握全局。我国正处在经济快速发展时期，国内市场潜力很大，为工业发展提供了广阔天地，对外资也有很大吸引力，全世界对中国经济发展的趋势都看好。经过几十年的发展，特别是最近十几年的快速发展，我国现在进行现代化建设的物质基础比过去雄厚得多了。改革开放给经济发展注入了强大的活力。当然，我们也清醒地看到，在我国经济发展中也存在不少矛盾和困难，这些都是前进过程中的问题，只有通过深化改革和发展经济才能逐步得到解决。综观国内外形势，在相当一个长时期内，我国面临着一个不可多得的改革和发展的好机遇。

接着李鹏总理阐述了 1994 年经济工作的方针和任务。他说：

明年是我国经济继续保持好的发展势头的重要一年，也是推进建立社会主义市场经济体制改革的关键一年。明年经济工作的方针是：全面贯彻党的"十四大"和十四届三中全会精神，加快建立社会主义市场经济体制的改革步伐，进一步扩大对外开放，加强和改善宏观调控，大力调整经济结构，提高经济效益，保持国民经济持续、快速、健康发展。

李鹏在结束讲话时强调：

当前改革和发展的时机都很好，做好明年的经济工作，不论对当年还是对长远发展，都具有十分重要的意义。我们肩上的担子重，责任大。我们要坚定不移沿着邓小平同志建设有中国特色社会主义的道路，在以江泽民同志为核心的党中央领导下，团结一致，同心同德，兢兢业业地做好各方面的工作，推进改革开放，实现国民经济持续、快速、健康发展。

李鹏的讲话，受到与会者的热烈欢迎。

中央的政策变化，使市场经济环境充满了活力，左宗申对此深有感触。

早在 1979 年，左宗申和妻子袁德秀下海干个体。几年下来，两万元本钱折腾得只剩 2000 元。

不死心的左宗申拜大舅子为师，干上了个体修理工，专修发动机。

左宗申进步很快，手下也有了近 20 个伙计，最好的时候一天能赚几千元。左宗申那时整天花着脸，手从来没洗干净过。他去农村插过队，到工厂当过工人，在路边修过车。干过各种杂活的左宗申，凭借着灵气，加上刻苦钻研，使得他的修车铺极负盛名。

这位曾经想当画家和棋手的年轻人成了"只要车子从他身边经过，一听发动机的声音，他就立刻能知道这部车的发动机情况如何"的修车名师傅。

左宗申是一个把记忆留得很长的人，这种记忆绵长悠久又让人反省。他后来回忆说：

> 1990年，一个朋友托我帮他买一辆三轮摩托车，我去了，发现等这家校办企业供货的人不少，很多外地客户提来现钱拿不到货。我问厂长这么好的产品为啥不多生产？那厂长回答说发动机供不上。

一个本不属于左宗申的问题引起了左宗申的思考。抖掉烟灰，左宗申沉思片刻，向那个校办工厂的厂长道出了他的想法："我给你10台发动机，你给我10辆车。"左宗申和这位校办工厂厂长达成了协议。

回来后，左宗申立刻买来原料组装了10台发动机，厂长如约给了他10辆车。

过了不久，厂长来找左宗申要他向他供应发动机。左宗申眼前一亮，一种搞企业的愿望强烈地冲撞着他的胸膛。

"我们没钱，万一搞出来的发动机卖不出去怎么办？"一个让几乎所有的创业者头疼的问题浮了出来。

左宗申决定进行一番实地调查，背着一台建设厂生产的雅马哈两冲程发动机，跑了全国 59 个摩托车发动机生产厂。

考察的结果让人兴奋，发动机供不应求，这回左宗申心里有了底。

有了基本的构思之后，就是较长时间的资本积累。

积累总是辛苦，但一想到今后的事业，也就不由得兴奋了。

在经过 10 年技术和财力积累后，1992 年，一间不显眼的宗申公司成立了，左宗申有了自己驰骋的空间。他攒足了 20 万元，又筹措了 30 万元，成立了重庆宗申摩托车科技开发有限公司。一个修理匠就这样迈进了摩托车工业的门槛。

左宗申开始改变历史了。但跨进了办企业的门槛，并不表明以后的路就很平坦。荆棘，一路都有。

在当时，国内的形势对左宗申来说，并不乐观。有人认为"允许个体和私营经济的存在，不可避免地会冲击社会主义经济，滋生剥削阶级和其他非无产阶级的意识形态"。

这种思潮的传播，使我国个体、私营经济出现了大滑坡，以致 1990 年到 1992 年初，全国个体、私营经济处于停滞不前的境况。

尽管在 1992 年邓小平视察南方并发表了重要讲话，提出了"三个有利于"的是非标准，并且这年秋季召开的党的第十四次全国代表大会，也明确提出了我国经济体制改革的目标，但整个社会思潮并未很快就改变。

左宗申正是在这个时候，跨入私营经济的行列，可谓喜忧参半。

在当年，"宗申"开发生产的70CC发动机在投放市场后效益奇佳。但嘉陵、建设、望江三家本地大型摩托车企业在市场上对左宗申的打压，几乎让宗申公司喘不过气来。

左宗申只有在沉默中静静地等待，等待机会的降临。

不久，国家允许私营企业搞发动机。拿到摩托车发动机生产许可证后，左宗申长长地舒了一口气。

1994年、1995年两年，中国摩托车的发动机在市场的表现出奇地好，那两年，几乎所有生产发动机的企业都赚了钱。左宗申"打蛇顺竿上"，抓住机会，也迅速完成了资本积累。

1996年，宗申摩托车组装厂开工。

1997年，宗申取得了生产目录，开始大举进军整车市场。这无疑是个很大的进步。

为了更进一步地发展，宗申开始在各方面作了一些策划。在产品开发方面：主要是以广大农村市场为产品定位，其次是以城乡结合部、中小城市为对象，然后才是面向城市的纯粹交通工具。还有一种，是面向先富起来的一批人作为娱乐工具的摩托车。这4种车型又以农村市场为第一大目标。

1998年11月，宗申集团挂牌成立。

后来，公司发展成为集研究、开发、制造、销售于一体的大型民营科工贸高科技"宗申摩托车集团"，跻身全国摩托车行业前 10 强。而他本人，则获得"全国民营企业家杰出代表"、"中华人民共和国最佳民营企业经营者"等一系列荣誉。

在营销网络建设方面，到 1999 年，宗申在全国设有 33 个片区总代理，9 个分销公司，并辐射到全国，基本上做到了每个镇都有销售点。统计起来，有了近 3000 个零售点。

左宗申在谈到自己集团的摩托车队时豪情万丈，他说："我们这支队伍是在摩托车生产基地诞生的，有机构；有一个能运作的摩托车俱乐部；有市场。因此，是有前途的。我常想，我们又不比人家笨多少，为什么人家能行的我们就不行，人家能参加的，我们就不能参加呢？中国人嘛，就应该为中国人争光！"

左宗申一开始选择了市场发展之路，也是市场创造了宗申集团的辉煌。

市场经济体制造福千家万户

1993 年 12 月 1 日，《人民日报》"纪念毛泽东诞辰 100 周年"专栏发表题为《发展社会主义市场经济与弘扬为人民服务精神》的文章。

文章指出：

社会主义市场经济的性质要求我们必须树立为人民服务的思想。我们实行的是社会主义市场经济，通过经济发展使大多数人能过上富裕文明、美好的生活，不仅在物质文明上达到一个新的高度，而且在精神文明上进入一个新的境界。我国发展社会主义市场经济，既要学习和吸收资本主义发展商品经济的有关经验，又要避免资本主义发展商品经济给社会带来的种种弊端。

文章还说：

社会主义市场经济的价值准则要求人们必须树立为人民服务的思想。我们实行的市场经济所孕育出来的质量意识、服务意识和职业道德等，是和我们的社会主义社会制度联系在一起的。这就要求把优良的质量意识、服务意识、崇高的职业道德意识作为我国社会主义市场经济的重要的价值准则，人们进入市场经济各个领域时，必须是以优质的产品、优质的服务、高效率的工作，以主人翁的态度和责任感对待所从事的事业。而这些价值观念都包含在为人民服务的宗旨之中。

文章强调指出：坚持为人民服务应是发展社会主义市场经济的根本要求和出发点。我们把为人民服务的思想作为发展市场经济的根本宗旨，国家、集体、个人三者的利益是一致的，且把广大人民的利益放在第一位。

正是这种"坚持为人民服务"的宗旨，让中国的市场经济体制改革深入人心，活跃了市场，提高了老百姓的生活水平。当时，中国彩电三巨头便是经济体制改革的受益者。

创维集团董事长黄宏生、TCL 集团总裁兼董事长李东生、康佳原掌门陈伟荣都是华南理工大学无线电 78 级的同学，曾经三星同辉。

华南理工大学无线电 78 级，同北京电影学院 78 级一样，被外界评为中国的"超级班级"之一，因为它培养出了 3 位影响中国彩电业的企业家，被称为"华工三剑客"。

1978 年高考时，3 个从广东边远地区来的年轻人李东生、陈伟荣、黄宏生分别从惠阳、罗定和海南岛考到了华南工学院无线电专业。当时陈伟荣考的是电工师资班，年龄较大，黄宏生和李东生则分别是班上的班长和学习委员。

在当年，考上大学时黄宏生和李东生都是 18 岁，陈伟荣比他们俩年长不少，也比他们成熟稳重，在学校对两位小兄弟照顾有加。3 人当中黄宏生最有冒险精神，也最有激情。年长的陈伟荣老成稳重，李东生则刚柔并济。

不一样的性格也成就了他们不一样的人生道路。1982 年，3 人毕业后就各奔东西。

李东生选择了回惠州老家，当时的惠州很穷，但李东生主动选择了回惠州。

李东生后来回忆说，中学时曾经以陈景润作为自己的志向和追求，因为从小学到中学，他的考试成绩在全年级经常拿第一，他希望在大学的专业教育中也能出类拔萃。但是上大学后，他发现成绩只处在中等水平，特别是第二个学期的一场疾病更使他在学习中明显感到力不从心。

毕业时李东生做了一个更为务实的选择，那就是回到自己的家乡做一些实实在在的事。

李东生被分配到惠阳地区科委当机关干部，这是令许多人羡慕的"一杯清茶一支烟，一张报纸看半天"的清闲工作。

1989 年，惠州市希望振兴电子工业，于是李东生作为骨干调回 TCL。此时，李东生手上没什么资源，只负责 TCL 的香港业务，并打点他从工业发展总公司那边带回来的通力公司。

时隔不久，李东生看中了陕西彩虹的彩电生产许可证和一条停产的生产线。当时李东生囊中羞涩，又拉着另外一家公司三方合资，成立惠州彩虹电子有限公司，各占三分之一股份。

这是一家只有 40 人的企业，但那时已算是惠阳地区跟电子沾边的"大厂"了，也是以后发展起来的 TCL 集团的第一家企业。

凭着踏实、执著的工作态度，李东生得到了领导和同事的肯定，逐步做到了车间副主任、主任，28 岁时被任命为 TCL 通讯设备公司总经理，实现了自己事业上第一次飞跃。

与李东生一样，黄宏生在上完高中之后也曾在农村插队，据黄宏生后来回忆，那个时候，生活非常艰苦，上班和下班就是上山和下山，一天来回大概要走四五个小时，光是走路都把你给走死，所以我们非常羡慕拖拉机手。

但上大学彻底改变了他的人生道路，拖拉机手的理想永远被他抛在了海南岛的山间农场。

毕业时，黄宏生进入华南电子进出口公司工作。3 年后，个人业绩占公司半壁江山的黄宏生被破格提拔为常务副总经理，享受副厅级待遇。这一年他年仅 28 岁。

1988 年，在同事的惊讶与叹息声中，黄宏生辞掉了令人羡慕的职位，只身"下海"，到香港闯天下。

1988 年，一个小公司"创维"在香港诞生。"创维"最先以代理电子产品出口迈开创业的第一步。在几经挫折与磨难后，黄宏生把握住机会走上了彩电制造之路。

陈伟荣的经历没有两位小兄弟传奇，毕业后，他被分配到深圳康佳电子股份有限公司工作。从一个普通技术员做起到董事总经理兼党委书记，经历了 12 个年头。

不知是偶然还是命中注定，3 个人虽然有着不同的成功经历，却走到了一个终点，都成为了中国彩电行业的大佬。

1993 年，陈伟荣率先发力，开始了全国版图的扩张。20 世纪的最后时间里，陈伟荣的事业达到了顶峰。

康佳的总资产从 1992 年的 5.49 亿元提高到 2000 年上半年的 89.13 亿元；其彩电产量在 1999 年超越长虹，成为当时的"老大"。

康佳的产品，也从彩电扩展到手机、影碟机、冰箱等等。

凑巧的是，同样是在 1993 年，李东生出任 TCL 集团总经理，自己掌勺做菜，开始甩开膀子大干一场。

在 TCL 王牌大屏幕彩电面世后，公司利润节节直上，1995 年更是突破了 7000 万元，最终成为中国彩电业三大巨头之一。

到后来的 2000 年，TCL 终于确立国内彩电领先地位。2001 年销量全国第一，实现利润 3.5 亿元，效益列同行业第一。

李东生的第一招是"消费革命"：拿三四千元就可以抱回一台 TCL 王牌 71 厘米大彩电，质量跟那上万元才买得到的画王、火箭炮相差无几，讲求实惠的国人纷纷抱回家里。仅在一次全国家电产品交易会上，订货总额就达到两亿元的天文数字。

与他的两个同学相比，黄宏生是进入彩电行业最晚的一个。

1988 年，黄宏生在从广州到深圳的 107 国道上下定了自己创业的决心，因为公路两旁的繁荣景象使他相信，这个世界的确不同了。

下海后的黄宏生发现创业是何其艰难！学理工的他开始从最简单的电视遥控器做起。

1990 年，创维的销售额迎来了珍贵的第一个 100 万，成为了世界很多的电视机厂遥控器供应商。

此后的黄宏生面临着事业的第一个瓶颈。在茫茫的黑暗之中，突然有一个机会降临。在当时，作为香港全球供应的两大电视制造厂之一的讯科集团面临倒闭。

黄宏生跟他们中的很多人是朋友，他希望他们来创维，但当时的创维是一个 100 多人的小企业，待遇不很高，所以谈判几个月也谈不成。怎么办？

黄宏生决定把 15% 的股权送给他们，换取他们的加盟，他们中有几个人正式加盟了创维。经过一段时间的产品设计，1992年在德国的展览会上，创维接到了两万台电视机的订单，接着第二批5万台……1993年后创维电视开始全面走向世界。

在后来的2000年4月，创维成功在香港主板上市，融资10亿港元，这为创维赢得了宝贵的资金支持。2003年度，创维实现销售额120亿元，出口创汇两亿多美元，成绩相当骄人。

1998年，TCL在离康佳总部300米远的地方树了一块广告牌。李东生的老同学陈伟荣不干了，派人赶制了一个更大的康佳广告牌，就堵在TCL集团的门口。

李东生召集他的销售经理们一起去看看那块牌子，他说："这是我们的对手，大家需加倍努力。"

市场不相信眼泪，自然更不相信同窗之谊，原来的同窗好友还是在市场上兵戎相见了。他们3个的杀手锏被概括为：黄宏生"一个一个挖人才"；陈伟荣"一项一项争第一"；李东生"一个一个搞兼并"。当然这些手段很多都是冲着同学的企业来的。

在商海横流中，三人是八仙过海，各显神通；在广阔市场里，三人是共创辉煌，竞相发展，不断为彩电三巨头增光添彩。

中央鼓励农村实行产业化经营

1995 年 2 月 27 日上午，中央农村工作会议在北京召开。中共中央总书记江泽民，中央政治局常委、国务院总理李鹏，中央政治局常委、国务院副总理朱镕基出席这次会议。

在会上，与会者就如何搞好农业和农村工作等问题，发表了重要讲话。

江泽民强调指出：

> 在发展社会主义市场经济的新形势下，一定要正确处理农业、农村和农民问题，全党要比过去任何时候都要更加重视农业和农村工作。

江泽民说，从 1993 年 10 月到现在，不到两年时间，中央召开了 3 次农村工作会议。每次会议都强调农业和农村工作的重要地位。中央为什么反复强调这个问题？主要是因为发展社会主义市场经济是一个新课题，在发展社会主义市场经济中如何把农业搞上去也是一个新课题，需要全党同志认真研究和探索。在我国建立社会主义市场经济体制的历史过程中，农业和农村经济的发展，既面临良好的机遇，又面临新的矛盾。

掀起改革高潮

江泽民指出：

从这几年的实践情况看，由于思想认识和统筹安排问题还解决得不够好，对农业保护和扶持的力度还不够大，已确定的政策措施又没有完全落实，工业与农业发展速度的差距、城乡居民收入的差距、发达地区与欠发达地区经济发展的差距都还在拉大。这三个差距如果继续扩大下去，将会造成严重后果。一是农产品供求矛盾将会更加突出，牵动物价继续上涨，加大通货膨胀压力。二是农民收入增长缓慢，就难以如期实现农民生活达到小康水平的目标。这不仅会影响广大农民的积极性，还将影响整个社会主义现代化建设的进程。三是如果农民购买力水平提不高，农村消费市场不能日益扩大甚至缩小，就会直接制约工业和整个经济的发展。四是城乡之间、区域之间经济发展差距拉得过大，将导致贫富悬殊，导致整个经济社会严重失衡。

江泽民说，上述情况说明，在建立社会主义市场体制的历史条件下，加强宏观调控，大力保护和扶持农业，促进工业与农业、城市与农村、东部与中西部经济协调发展，关系我国改革、发展、稳定的全局，关系整个现代化事业的成败，关系社会主义政权的巩固。对这个重大问题，全党同志特别是党的高中级干部，务必要从全局的高度，进一步统一认识，统一意志，统一行动，真正地而不是口头地强化农业这个基础，动员各行各业的力量，采取坚决有力的措施，促进农业的发展、农民的富裕和农村社会的进步，实现既定的奋斗目标。

中央的政策，使亿万农民受益。从山东省农村的经济体制改革，可以看出市场经济体制已经深入人心。

1995年初，在社会主义市场经济蓬勃发展的时候，山东省抓住时机，经过几年的实践，已有30%左右的县市，主导产业和产品实行了产业化经营。

在起步较早的东部、中部地区，这种经营形式已占主导地位。从产业和产品看，畜牧、水产、果品、蚕茧、烟草、花生、建材等一体化经营，进展较快，规模较大，有的已突破地域、所有制、行业界限，向大范围、深层次、高水平发展。

以农产品加工、冷藏、运销企业为龙头，围绕一项产业或产品，实行生产、加工、销售一体化经营。龙头企业外连国内外市场，下连农产品基地，基地连农户，形成松散型或紧密型的利益共同体。

在山东全省最早实行肉鸡产加销一体化经营的诸城市"山东尽美食品有限公司"，几年前是一个仅有100多职工的小型外贸企业，通过发放生产扶持金、实行收购保护价和雏鸡发放、饲料供应、疫病防治、收购调运

"四到门"服务，带动4000多个肉鸡饲养专业户，年饲养肉鸡2600万只。

到1993年底，山东肉类、粮食、油料、蔬菜、果品、水产品等农产品加工龙头企业，已发展到10220家，实现产值597亿元、利43亿元，带动农产品基地5000多万亩，联结农户600多万户，占全省农户40%左右。一个龙头企业，既是一个生产加工中心，又是一个信息中心、科研中心、服务中心。

通过发展农产品市场，特别是专业批发市场，带动区域专业化生产和产加销一体化经营。

寿光市建成的蔬菜批发市场，年销售蔬菜10亿公斤，经营额8亿元，产品销往24个省市区的190多个大中城市，并在全国180个大中城市设立了销售网点。

除山东外，还有18个省市的蔬菜在这里转销，外埠蔬菜销售量占总销量的三分之一以上。当时，这个批发市场已成为全国最大的蔬菜交易中心、信息交流中心和价格形成中心。市场的发育，带动了基地建设，全市蔬菜总面积从1983年的15万亩扩大到现在的46万亩。

从利用当地资源，发展拳头产品入手，逐步形成区域性主导产业。这种类型的龙型产业实体在山东中西部地区尤为多见。处于中部地区的潍坊市的寒亭区，发挥传统资源优势，以乡镇为区域，培植拳头产品，扩大经营规模，形成产业群体。全区建立起粮食、棉花、瓜菜、海水淡水养殖、猪鬃加工、工艺品、电热毯、年画风筝、皮革加工、草柳编织等 15 个主导产业，产值达 15 亿元。

农村产业化经营所以显示出巨大的优越性和强大的生命力，从根本上说，是由于这种经营形式有利于解决我国农村向社会主义市场经济转化过程中面临的几个基本矛盾。

这种经营形式通过各种龙头企业，在农户与市场之间架起了桥梁，使农产品生产与国内外市场衔接起来，从而在稳定和完善家庭联产承包制的基础上，把农村经济纳入社会化大生产的轨道。

莱阳市 1991 年以来，先后建立起 14 个农副产品加工三资企业，按国际标准组织蔬菜、果品的生产和加工，目前已有 36 个花色品种的蔬菜进入国际市场，1994 年出口速冻蔬菜 4 万吨、浓缩果汁 2000 吨，创汇 3000 万美元，出口量连续三年居全国县级之首。

每个龙型企业实体，为了在市场竞争中占据有利地位，在选育良种、栽培管理、加工、贮藏等各个环节，都千方百计地引用处于世界科技前沿的高新技术和实用技术。诸城市烟叶复烤厂，是一个为美国菲利普、摩利斯公司提供万宝路香烟原料的外向型企业，他们采用最新的品种，科学的配方，先进的技术和现代化的加工设备，实行严密的现代化管理。

自 1987 年建厂以来，年复烤能力由 20 万担提高到 160 万担，出口创汇由 600 万美元增加到 2500 万美元。

实行产业化经营，通过龙头企业把一家一户分散的小规模经营联结起来，形成较大规模的产业群、产业链，是既保持家庭承包经营的稳定性，又实行适度规模经营的重要途径。

诸城尽美食品有限公司扶持农民饲养肉鸡，每户饲养几千只、上万只，规模不算很大，而把各户联结起来，则形成上千万只的饲养规模。农业的规模经营不限于土地集中的规模经营，通过产业的组织和联合，形成产业群体，扩大经营规模，同样是一条适应现代社会化大生产需要的规模经营的路子。

农村实行产业化经营，一方面，通过产业链的延伸，发展农产品加工、贮藏和运销业，实现农产品的多次转化增值，提高了农业比较利益；另一方面，通过采用科学技术，挖掘耕地潜力，大幅度提高了土地产出率。

按产业化组织发展农村经济，打破了城乡壁垒，促进了资源与生产要素跨区域流动，有利于实现城市的人才、技术、资金与农村的土地、劳动力等资源的优化组合，城市企业与农产品基地和农户结成利益共同体，既支持了农村经济的发展，又扩大了企业的经营规模和辐射能力，为加快城乡一体化创造了条件。

企业是市场经济的直接受益者

1995 年初，在中国改革开放的深化和经济体制向社会主义市场经济的转化过程中，城市化进程的规模和速度达到了历史上空前的水平。

作为建制城市正以每年近 30 座的速度递增，当时已有建制市 619 个。

在市场经济条件下，城市的发展起到带动整个国民经济发展的骨干作用，同时也提出了进一步完善城市功能，改革城市管理机制，适应市场经济发展，使城市建设与管理实现科学化、现代化与国际接轨的新课题。

城市品牌与企业品牌如果能够实现互动，将会既有利于工商品牌的建设，也有利于企业更鲜明的、更强大的品牌力的建设。而互动的基点在于两者品牌传播价值点的契合。

在中国经济改革的过程中，企业是最大的受益者，20 世纪 80 年代到 90 年代，随着市场经济的确立，中国本土企业如同雨后春笋，从各地冒了出来。

1962 年，朱保国出生于河南，历史上号称"中原"的地方。他毕业于河南师范大学化学系，和同时代的许多年轻人一样，分配到河南新乡市一个叫做"第五化工厂"的国营企业担任技术员。

1990 年，他到广州参加广交会，在朋友的力邀下，去深圳转了一转。当年的朋友没有想到，这一转，就转出了后来的亿万富翁。

在当时，朋友对他大谈特谈这个南国热土的种种好处，别的朱保国没听进去，但有两条：深圳这个新兴的移民城市，人人都很独立，没有盘根错节的复杂的人事关系；第二是特区政府对小企业很放手。

就这两条，让在内地当了几年厂长的他感觉到，就像是找到了梦想中的天堂！搞企业一定要在深圳搞的念头，像电流一样穿越他体内的每一个细胞。

1992 年的邓小平南行讲话，吹响了中国第二次思想解放的号角。作为河南新乡一个化工厂的厂长，朱保国一直就对做企业有浓厚的兴趣。时年 30 岁的朱保国毅然下海创业，"到深圳去就是想干一番事业"，朱保国后来这样说。

朱保国后来回忆说：

> 内地当时思想比较保守，所以我一定要把药方带到深圳来生产销售。当时好几个股东之间争议很大，我还要一个一个地去说服他们。

1992 年 10 月，朱保国同几位志同道合者携着 2000 万元来到深圳，1000 万元用于修建厂房，1000 万元用于购买设备、做流动资金，开始创办深圳爱迷尔食品有限公司。

由于国家宏观调控，银根紧缩。企业面临着资金困境，两个多月过去了，员工们的工资仍无着落，人心开始涣散。

朱保国四处奔走，筹措资金，甚至以厂房和设备作抵押，以高息向私人借贷。

一天晚餐的时候，员工们正在饭厅嘀嘀咕咕地发牢骚。朱保国于是召集全体员工，给员工们讲了 40 分钟的话。他说了自己的梦想，说了公司的发展前景，说了当前的困境，说了同舟共济。

最后他诚恳地说：

> 在目前这种暂时的困难面前，何去何从，大家来决定，要散，我卖厂房，卖设备，一分钱工资都不少地发给大家，然后我们大家承认失败；要留，我们只发生活费，勒紧裤带，坚持走出困境，我保证不仅不少一分钱，并且利息照发！

所有的员工都震撼了，大家默默地接过生活费，重新投入工作中，企业终于渡过了难关。

朱保国并没有想到自己的事业会发展得如此之快。1993 年 3 月 8 日，太太口服液上市销售，第一年卖了将近 3000 万元，第二年卖了 1.6 亿元。

1993 年，第一批"太太口服液"投放市场，从此成为中国女性耳熟能详的品牌；1995 年，深圳太太药业有限公司成立；1996 年 1 月，在中国保健行业率先通过英国和中国的 ISO9002 国际质量认证。

1997 年，太太药业以 2.8 亿巨资收购全国最大的抗生素生产厂家之一的深圳海滨制药有限公司。

在以后的几年里，太太药业连获多项国际、国内大奖，并以其独特的美容保健功效和良好的品牌形象深受海内外女士的青睐，在国内的知名度高达 96% 以上。

太太药业销售网络遍及中国 200 多个大中城市，还远销港澳、新加坡、日本、韩国等海外保健品市场。

1991 年岁末，吴一坚怀着对故土特殊的情感，回到了西安，创办了金花房地产开发公司。

他打算在古城的繁华地段建造一座集商贸、娱乐为一体的高档豪华综合大楼，并为此进行了积极的准备工作。可上了一趟古城墙，他走访了一个有 20 年工龄的老工人之后，他改变了主意。

市里孤独的几座高楼，淹没在一大片低矮破旧的居民住宅的汪洋大海之中，在老工人家里看到的是 3 代 5 口挤在只有 8 平方米的小屋里，客人来了竟无立足之地。这样的住房特困户在西安市就有 9 万多户，在全国城镇中有 550 万户之多。

吴一坚似乎被某种东西触动了，他决定取消商贸、娱乐大厦的建造计划，为住房困难的古城百姓建造万间广厦。

面对员工惊愕的神情，吴一坚认为，从西安的现状看，古城父老和市政府最需要解决的是住房困难。

吴一坚说：

> 市场经济的要则是：人民需要就是我们最好的选择。

吴一坚的第一个项目位于西安市北郊徐家湾的金花苑小区。为了降低成本，他吃在工地，住在工地，严令节俭，亲自监督，还在公司内部制定了用车、打电话、领用材料等一系列规章制度，建房成本被大大降低了。

很多人奇怪他这样"抠门"为了什么。及至金花苑小区竣工销售，金花报出了每平方米998元的全市最低价，令同行大吃一惊，令古城住房困难户欣喜若狂时，人们才体会到吴一坚的良苦用心。

低廉的住房售价，这对普通老百姓来说无疑是一个巨大的福音！低价售房就是最符合老百姓心意的实在的贡献。

1994年是国际住房年，党中央、国务院发出了实施安居工程的号召，西安市委、市政府也制定了在1998年实现全市人均住房8.5平方米的发展目标。

吴一坚积极响应政府号召，及时推出"做安居工程的铺路石"活动。金花公司拿出了每平方米1281元的现房，以 790 元的价格奖励性地销售给各条战线的先进人物、残疾人和住房特困户，为此，公司减少收入 150 万元。

1995 年 6 月，第二期"做安居工程铺路石"活动如期展开，金花公司又拿出 140 套现房，奖励销售给老职工、老干部、优秀中小学教师、新长征突击手、公安干警以及区级以上的劳模和无固定收入的特困户。

吴一坚说："今后金花公司新建造的住宅楼，宁愿不挣钱也要全部作为安居工程，献给西安人民。"

吴一坚致富不忘百姓，不忘政府，每年用来回报社会的基金就达 4000 万元。

起步于上海浦东新区川沙新镇界龙村的界龙集团，后来被称为"中国农村第一股"的"界龙实业"，曾经走过了一段不平常的路，可谓见证了中国市场经济的发展轨迹。

"界龙实业"从 20 世纪 60 年代后期的小手工作坊，到 70 年代的村办企业，再到 90 年代的上市公司，再到转制之后的民营企业，牢牢扎根乡土，实行村企联动，后来成为拥有 26 家企业、3000 多名员工的中国包装印刷龙头企业集团公司，总资产和年销售额均超过 20 亿元。

在 40 年前的 1968 年，年仅 22 岁的费钧德为改变生活困境成立了一个小五金厂，1973 年成立小印刷厂，费钧德说，"1968 年至 1978 这 10 年，我们是'开关'厂，开开关关几次反复"。

到了第二个 10 年的 1978 年至 1988 年，由于国家改革开放政策，使企业获得了稳步发展的机会，1000 多名村民全部进入企业工作，到 1987 年，企业已经有了 250 万元的净资产。

由界龙集团控股的上海界龙实业股份有限公司于 1993 年 12 月 28 日正式成立，1994 年 2 月 24 日，界龙实业在上海证券交易所正式挂牌上市。作为中国第一家由村办企业改制的上市公司，界龙实业赢得了"中国农村第一股"的美誉。

围绕着上市，界龙开始了第二次创业。通过上市，界龙不仅从社会上融到了宝贵的资金，而且更以此为契机，从社会上引进人才，建立了现代企业制度，把一个乡镇企业转化成为了公众公司。

界龙集团为当地农民提供了 2500 多个就业岗位，界龙村 96% 以上的村民都在界龙集团工作。

通过村企联动，对村民职工进行教育、培训以及现代生活指导，使原来以当地农村劳动力为主的职工队伍逐渐成长为适应现代化设备技术、遵循严格规范的生产管理制度的现代企业工人。

从乡镇企业改制为上市股份制企业，有人称像足球队从甲 B 升到甲 A。

上市的界龙实业几乎汇集了界龙集团所有的优质资产，此后，界龙实业以接近 20% 的速度前进，几年之后，界龙实业的资本由当初的 5000 万元扩大到了后来的 11 亿多元。

1992 年，华晨中国汽车控股有限公司悄悄地在百慕大群岛注册后不久，就以在国外而且是在世界金融中心纽约上市的第一家大陆企业而一举成名。

仰融把华晨的前身、一家半死不活的国有企业奇迹般地带到纽约上市，使之成为中国首家在美国上市的国有企业。

这个当时在中国第一任证监委主席刘鸿儒看来是"不可能完成的任务"，却被仰融轻易操盘成功。

是仰融创造了中国国有企业海外融资第一案，也是仰融，开启了中国企业赴美上市的先例。

界龙、华晨这些品牌企业只是经济改革浪潮中的佼佼者，当时，还有无数企业在中央的关怀下，走向了自强之路。

到后来的 2000 年底，中国已经初步建立起社会主义市场经济体制，以公有制为主体、多种所有制经济共同发展的基本经济制度已经确立，全方位、宽领域、多层次的对外开放格局基本形成。2002 年 11 月，中共十六大提出了全面建设小康社会的宏伟目标。

2003 年 10 月，党的十六届三中全会通过了《中共中央关于完善社会主义市场经济体制若干问题的决定》，把建成完善的社会主义市场经济体制作为全面建设小康社会的重要内容。这是进一步深化我国经济体制改革、促进经济和社会全面发展的纲领性质文件，对进一步推动中国特色的社会主义市场经济发挥了更大的作用。

本书主要参考资料

《伟人邓小平》 袁永松主编 红旗出版社

《邓小平传奇》 裘之倬著 广东人民出版社

《转折：亲历中国改革开放》 吴思 李晨著 新华出版社

《中国经济改革30年》 王佳宁著 重庆大学出版社

《中国企业改革与发展案例》 张承耀主编 经济管理出版社

《邓小平八次南巡纪实》 童怀平 李成关编 解放军文艺出版社

《中国改革第一人邓小平》 卫炜 王骏 李乾元 董武著 山西出版集团 山西人民出版社

《中南海三代领导集体与共和国经济实录》 王瑞璞主编 中国经济出版社